가프 현대 판타지 소설
MODERN FANTASTIC STORY

밥도둑 약선 요리王

밥도둑 약선요리王 8

가프 현대 판타지 소설

초판 1쇄 찍은 날 § 2019년 8월 9일
초판 1쇄 펴낸 날 § 2019년 8월 16일

지은이 § 가프
펴낸이 § 서경석

총괄팀장 § 노종아
편집책임 § 신나라

펴낸곳 § 도서출판 청어람
등록번호 § 제387-1999-000006호
등록일자 § 1999. 5. 31
어람번호 § 제1-3039호

주소 § 경기도 부천시 부일로 483번길 40 서경B/D 3F (우) 14640
전화 § 032-656-4452 팩스 § 032-656-4453
http://www.chungeoram.com
E-mail § chungeorambook@daum.net

ⓒ 가프, 2019

ISBN 979-11-04-92037-0 04810
ISBN 979-11-04-91945-9 (세트)

가프 현대 판타지 소설
MODERN FANTASTIC STORY

밥도둑 약선요리王왕

8

도서출판 청어람

밥도둑

약선
요리
王왕

목차

1. 사약은 약선요리?

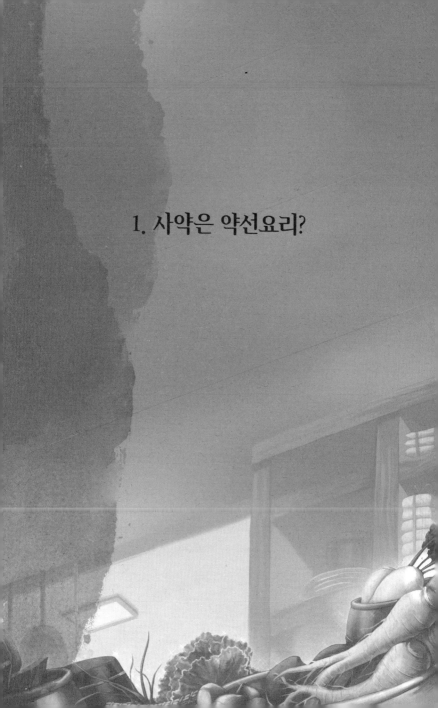

"자, 이건 우리 간식이다."

조용해진 테이블 위에 민규가 탕평채를 놓았다. 남은 재료를 이용해 다시 만든 것이었다.

"할머니는?"

민규가 재희를 바라보았다.

"장항아리 관리하시고 피곤하신지 뒷방에서 졸고 계세요."

"그럼 좀 남겨놓고 먹자."

"어, 맛이 기막혀요."

맛을 본 재희 눈이 휘둥그레졌다. 이 탕평채는 맛을 제대로 살린 작품이었다.

"의미를 제대로 아니까. 이야기를 입은 요리는 더 좋은 맛이 나지. 그렇지 않겠어? 부셰프?"

민규가 종규를 바라보았다.

"그 사람들, 정말 화합해서 국민을 위해 일할까? 나는 정치인들 안 믿어서……."

"정치는 복잡하니까. 옛날부터 그랬지."

민규가 또 웃었다. 허공에서 피는 그 미소는 세월을 건너온 미소처럼 보였다.

"우리 형, 저럴 때는 꼰대 같다니까."

"그래. 꼰대래도 좋고 아재래도 좋다."

"탕평채와 정치 얘기하니까 궁금한 게 있는데요. 궁중요리 말이에요, 정말 왕을 죽일 수도 있고 살릴 수도 있는 건가요?"

재희가 물었다. 지난번에도 정조 이야기를 하더니 여전히 궁금한 모양이었다.

"정조의 독살설?"

"네, 셰프님."

"답만 묻는다면 예스야. 죽일 수도 있고 살릴 수도 있지."

"우와, 그럼 역사 속의 왕 독살도……."

"역사 속이라… 문종의 꿩고기, 경종의 간장게장, 그리고 정조대왕 등등 많기도 하지. 고려에서도 비일비재했고……."

"……!"

민규가 운을 떼자 재희와 종규가 숨을 죽였다.

"문종과 꿩고기의 경우부터 볼까? 문종은 종기를 앓고 있었지. 약선을 위해 종기라는 놈부터 살펴보자면 종기는 열이 심해서 생긴 화(火)병이야. 여기에 꿩고기를 대입시키면… 꿩고기는 열이 많아서 찜으로 요리하면 색이 붉게 변하면서 불(火)덩어리 음식으로 불리잖아. 불에 불을 넣으니 치질과 습진 등의 불 병을 악화시킬 수 있지. 문종이 사망 전에 종기와 치질을 앓고 있던 걸 생각하면 상극의 식재료라고 볼 수 있어. 사망의 원인으로 봐도 무리는 아니지."

"와아, 역시……."

"경종의 간장게장과 생감도 같은 선상이다. 경종은 게장 마니아라 게장을 좋아했지. 거기에 곁들임으로 먹은 생감… 본초강목에 보면 '게를 감과 함께 먹으면 복통이 나고 설사가 난다'라는 대목이 있다. 과거에는 그 두 음식 또한 극상극으로 여겼지."

"그래서 왕들이 다 죽었나요?"

"그래, 사망. 그러니 오늘날까지 회자되고 있는 거지."

"셰프님 생각은 어때요? 정말 그 음식으로 왕들을 죽인 걸까요?"

"재희 생각은?"

"저는 그럴 수 있다고 봐요. 음식은 아니지만 비소 같은 거 조금씩 먹여서 사람을 죽이는 얘기 같은 거 많잖아요."

"내 생각을 묻는다면 아니라고 봐."

"아니라고요?"

재희가 촉각을 곤두세웠다.

"게와 감이 상극인 건 사실이야. 종기에 꿩고기나 인삼이 안 좋은 것도 사실이고."

"그런데 왜 아니에요?"

"당시 궁중의 배경을 보자면 왕들은 한약을 먹잖아? 독살설이 나온 왕들은 특히 병이 있는 경우였고. 그런데 한약은 닭, 돼지, 개고기, 술, 밀가루 등 가리는 음식이 많지. 게와 감도 그렇지만 구기자와 우유 제품도 상극, 사향과 마늘도 상극, 심지어는 식초와 참기름까지도 상극……."

"……."

"결론을 말하자면 재희가 게장을 먹고 생감 하나를 먹으면 죽을까?"

"에?"

"종규 너는?"

"죽지는 않을 거 같은데?"

"맞아. 게장과 생감은 둘 다 찬 음식이라 같이 먹으면 복통이나 설사를 일으킬 수 있지. 하지만 건강한 사람이라면 그냥 넘어갈 수도 있고 조금 아프다 말 수도 있어. 죽는다는 건 지나친 비약이지. 경종의 사망은 독살이 아니라 급체였거나 복막염이었을 거야. 그게 게장과 생감의 상극론으로 번진 거라고 보는 데 한 표."

"와아, 설명이 샤프해요. 듣고 보니 이해가 되는데요?"

"하지만 그렇다고 상극 음식을 고려하지 않는 건 안 돼. 약선에 있어서는 작은 가능성까지도 다 고려해야 하니까."

"그런데 왜 연잉군은 경종에게 굳이 게장과 생감을 주었을까요? 궁궐에는 식의가 많았을 테니 아주 모르지도 않았을 텐데요."

"좋게 보면 정이었겠지."

"정이라고요?"

"해로운 줄 알지만 경종이 좋아하는 음식. 다른 음식을 잘 못 먹으니 좋아하는 거라도 먹으면 좋아질 거라는?"

"그럼 영정조 같은 분들은요? 그분들은 정말 평생을 검소하게만 먹고 사셨나요?"

"세상에 완벽한 사람이 있을까?"

민규가 의미심장한 미소를 지었다.

"예?"

"다른 건 몰라도 영조께서는 녹미(鹿尾)를 즐겼어. 세종의 수탉 고환처럼 많이 알려지지는 않았지만 말이야."

"녹미라면 사슴 꼬리요?"

"응."

"그깟 꼬리라면 별로 비싸지 않았을 테니 검소한 게 맞네요."

"사슴 꼬리를 돼지 꼬리쯤으로 알면 곤란해. 꼬리를 먹으려면 결국 사슴을 잡아야 하잖아? 사슴은 예나 지금이나 흔한 먹거리가 아니거든. 그래서 진상까지 금지하지만 아랫사람들이 알아서 구해다 바쳤던 모양이야. 그리고 영조는 결국 그걸 먹었고."

"으음… 사슴 꼬리요리 레시피는 어디서 구해요?"

"오주연문장전산고에 나오는 레시피 하나 알려주지. 적어."

민규가 레시피를 불렀다.

―녹미절임.

1) 칼로 사슴 꼬리의 뿌리 부분을 잘 깎아낸다.

2) 뼈를 발라내고 소금 1전과 무이 반전을 꼬리 속에 넣는다.

3) 긴 막대에 끼워 바람 좋은 곳에서 말린다.

"여기서 쓰는 무이는 느릅나무 열매. 1전은 3.75g, 푼은 0.375g. 까탈스러운 연산군과 역시 입맛 깐깐한 영조께서 즐겨 드신 걸 보면 맛은 좋았던 듯?"

"그렇다면 셰프님!"

재희가 눈을 활짝 떴다.

"야, 너 그거 진짜 물어보려고?"

종규가 질색을 하고 나섰다.

"왜? 오빠도 궁금하다며?"

"야, 하지만……."

"뭔데 그래?"

민규가 둘을 바라보았다.

"사약(賜藥)요."

재희가 대답해 버렸다.

"사약?"

"네, 셰프님. 종규 오빠하고 이견이 있었는데요, 사약도 약선요리 아니에요?"

사약!

질문을 던진 재희는 민규의 반응을 기다리고 있었다.

"우리가 아는 그 사약 말이냐? 죄인은 사약을 받으라?"

"네."

"……."

"야, 그건 그냥 한약 쪽이라니까. 사람 죽이는 독약이 무슨 약선요리야?"

종규가 목소리를 높였다.

"하지만 사약도 입으로 먹는 약이잖아? 그렇다면 그것도 식의(食醫)가 만들 수 있지 않았겠어? 그렇다면 약선요리로도 볼 수 있지."

재희는 주장을 굽히지 않았다.

사약!

약선의 일종일까, 아닐까?

재희 말대로 하면 약선요리가 될 수 있고 종규 말을 따르면 한약도 될 수 있었다. 사약은 비소라는 독극물을 가공한 비상으로 만든다. 거기다 또 다른 독성 약재, 부자나 천남성 등을 더한다. 이들은 독으로 쓰일 수 있지만 약재로도 쓰인다. 미량으로 잘 쓰면 사람을 살리지만 많이 쓰면 죽인다. 쉽지 않은 질문이었다.

"셰프님."

"형!"

둘은 민규의 답을 기다렸다.

민규는 권필의 전생을 더듬었다. 대령숙수의 기원이라 할 수 있는 권필. 그는 동시에 왕가의 식의이기도 했었다. 그렇다면 그는 사약도 조제했을까? 잠시 눈을 감자 수많은 기억들이 스쳐 갔다. 그러다 한 장면에서 멈췄다. 고려의 태의감이었다. 태의감은 조선의 내의원처럼 왕실의 의약을 담당하던 곳. 거기 권필이 있었다. 놀랍게도 사약을 만드는 태의감 안이었다. 사약을 만드는 의원 옆에 권필이 보였다. 긴장된 분위기가 흘렀다.

"이번에는 틀림없을 겁니다."

의원이 사약 제조를 마쳤다. 사약에서 김이 모락 솟았다.

"준비되셨는가?"

순군만호부의 수장이 권필을 돌아보았다.

"예, 대감."

"워낙 희한한 사안이라 이번에도 어떨지 모르겠네. 함께 가서 보고 혹시라도 안 되면 다음에는 자네가 약을 맡아주시게."

대감이 앞서 걷자 두 만호가 그 뒤를 따랐다. 권필도 그들을 따라갔다.

"워어어!"

말이 멈춘 곳은 대역죄를 저지른 권문세가의 저택이었다. 궁궐 같은 기와와 추녀가 위엄을 자랑하지만 분위기는 이미 쑥대밭이었다. 기와 끝의 어처구니가 무너지고 뒤뜰 사랑채에서는 연기가 솟았다. 왕의 개혁 정책을 막기 위해 암살을 꿈꿨던 자의 최후였다.

권필이 마당에 들어섰을 때 죄인의 아내와 두 딸은 첫 사약을 받고 늘어진 후였다. 죄인의 아내는 왕족이었다.

왕족.

사약은 아무나 받는 게 아니었다. 죄의 크기도, 죄질도 아니었으니 사약을 받으려면 금수저를 물고 나야 했다. 그래서 사(死)약이 아니고 사(賜)약이었다. 죽을 사가 아니고 하사할 사, '임금이 내리는 약'이라는 의미였다.

사약의 대상자는 왕족의 혈통이거나 고관대작만이 해당될 수 있었다. 여기에 더해 왕의 후궁도 사약을 받을 자격(?)이 있었다. 죄인이지만 왕과 인연을 맺은 여자를 다른 남자들이 함부로 만져서는 안 된다는 의미가 담겨 있었다. 왕은 지존.

신와 동급. 고려에 이어 조선의 왕실까지 면면히 이어진 법통이었다.

옛날, 죄인에 대한 형벌은 상상을 초월했다. 목을 베는 참수형은 차라리 양반이었다. 망나니에게 돼지 한 마리 정도 안겨주면 단칼에 수행해 주었다.

거열형이나 능지처참 같은 형의 뜻을 알고 나면 꿈자리가 사나워질 정도다. 거열형은 사지를 묶어 소나 말에 연결한 뒤에 우마를 달려 사지를 찢어 죽이는 형벌. 그러나 이 또한 능지처참에 비하면 행복한 죽음일 수 있었다.

능지처참은 팔다리와 가슴 등을 잘라내고 마지막에 심장을 찌른 후에 목을 베어 죽인다. 기둥에 묶어놓고 야금야금 살점을 떼어내는 경우도 있었다.

그러니 시신의 훼손 없이 한 방에 훅 가는 사약은 왕의 은총(?)과도 다르지 않았다. 그렇기에 사약을 받으면 왕을 향해 절을 올렸던 것이다.

그렇다면 사약은 무엇으로 만들었을까?

이윤의 시대에는 짐새의 깃털을 이용했다. 짐새는 독사를 주요 먹이로 삼는다. 그 덕분에 온몸에 독사의 독 기운이 탱글하다. 이 짐새의 깃털을 술에 담가 독주로 만들었다. 한 잔 마시면 인생 쫑이었다. 이후에는 비소를 주로 사용했다.

고려 말과 조선의 사약 주성분은 비상이었다.

비상은 비소로 만든다. 비소 덩어리를 흙 가마에 올려놓고 그 위에 솥을 거꾸로 매달아 태우면 증기가 솥에 닿아 응고된다. 이게 바로 비상이었다. 독성은 무척 강하다. 비상을 만드는 일을 2년 이상 하면 머리카락이 다 빠지고 수염도 나지 않는다고 한다. 그렇기에 여기 인부들은 2년 이상 재직시키지 않을 정도였다.

그렇게 강하기에 마시면 바로 피를 토하고 죽는 걸까?

그러나 그건 드라마나 영화의 극적인 연출일 뿐이었다. 그 실제가 지금 권필 앞에서 벌어지고 있었다.

"마셔라."

죄인에게 새 사약이 주어졌다. 저항하다 제압된 죄인의 몰골은 말이 아니었다. 그는 두 눈을 부릅뜬 채 사약을 집어 들었다. 약은 아직 따뜻했다. 먹기 좋으라고 따뜻한 건 아니었다. 따뜻해야만 약효가 빨리 오르는 것이다. 죄인은 사약을 단숨에 원샷 해버렸다.

턱!

마치 탁주를 마신 듯 사약 사발을 내려놓았다. 집행하는 대감과 만호들의 시선이 그에게 집중되었다. 눈동자의 실핏줄이 조금 더 붉어졌을 뿐, 아무 일도 일어나지 않았다.

"어허!"

대감이 장탄식을 했다. 벌써 여섯 사발째였다. 부인과 두 딸은 각각 한 사발에 염라국의 지척까지 갔건만 남편은 요지부동이었다.

그는 금강불괴?

권필의 척추에 얼음이 맺혀왔다.

"부탁하네."

대감이 권필을 돌아보았다. 권필의 지위는 대감 아래였지만 요리 솜씨에 더불어 식의 능력이 뛰어나 왕과 각별하기에 함부로 대하지 않았다. 그렇기에 권필을 호출한 바였다. 태의감의 의원이 조제한 사약이 먹히지 않는 것이다.

권필이 태의감으로 돌아왔다.

"또 실패입니까?"

태의감 의원이 물었다.

"그렇습니다."

"허어, 인간이 아니라 무쇠 덩어리구만, 무쇠 덩어리."

"재료를 좀 주시겠습니까?"

"그러시오. 여섯 번을 마셔도 안 죽는 인간이라니 나는 두 손 두 발 다 들었소이다."

의원이 재료를 넘겨주었다. 권필이 약재를 보았다. 사약을 만드는 제법은 사람마다 달랐다. 이는 말이나 기록으로 전하지 않았다. 식의까지 맡고 있는 권필이기에 사약의 제조법도 알았다. 몇 해 전에는 왕의 어린 외척에게 사약을 만들어준 적도 있었다. 왕의 외척 중 하나가 왕을 능멸하다가 멸족을 당한 사건이었다. 그때 그 가문의 손자는 고작 세 살이었다.

"아이 목숨만은 단숨에 끊어주기 바랍니다."

외척의 대표가 죄를 인정하며 왕에게 한 마지막 부탁이었다. 왕은 그 청을 받았다. 그리고 총애하는 권필을 불렀다.

"그 사약은 네가 제조하거라."

왕의 지엄한 명령. 권필은 단맛을 섞어 아이의 목숨을 단숨에 절명시켰다. 뜨거운 방에서 약발이 오를 때까지 오장육부가 달아오르는 고통의 과정을 없애준 것이다.

"여섯 번……."

"그렇소. 자그마치 여섯 번이었소. 거 웬만하면 두 번 정도면 끝나는데……."

의원이 혀를 내둘렀다. 하지만 권필은 신중했다. 권필은 그두 배의 경우도 본 적이 있는 까닭이었다. 사약만 열두 사발이었다. 거짓말일까? 한 사발이면 억, 하고 픽 쓰러지는데 강철 위장이 아닌 다음에야 웬 열두 사발?

하지만 그건 결코 과장이 아니었다. 사약에도 체질이 있었다. 누구는 한 사발에도 찍이지만 어떤 경우에는 열두 사발을 먹고도 죽지 않는 경우가 있었다. 심지어는 배가 부르다고 호소하는 경우도 있었다.

"배가 불러 더 못 마시겠으니 차라리 칼로 베어라."

어떤 사람들이 그럴까?

'비상…….'

답은 아이러니하게도 비상이었다. 비상을 약으로써 처방받았던 사람들. 몸에 중병이 들면 비상 처방이 나갈 수 있었다.

비상 처방에는 '부자'가 따르는 경우가 많았다. 그것도 오랜 시간 그랬던 사람들. 그런 사람이라면 사약의 비상이 잘 먹히지 않았다. 내성이 생긴 것이다. 누군가에겐 독극물이지만 그들에게는 그저 검은 물일 뿐.

권필은 의원의 처방을 역으로 바꾸었다. 비상의 성분을 빼고 천남성과 초오 등의 다른 독극물만으로 치사량의 사약을 만든 것이다.

"준비가 끝났소이다."

사약이 준비되자 만호에게 알렸다.

"그럼 가시지요. 이번에도 또 어떻게 될지 모르니……."

만호가 말했다.

"……!"

다시 사약을 받은 죄인. 이번에도 왕의 처소를 향해 절을 올리고 사발을 집어 들었다. 김은 여전히 모락거렸다.

"읍!"

절반쯤 마시던 죄인이 울컥 몸을 움츠렸다. 만호들이 달려들어 몸을 세웠다. 죄인은 남은 사약을 마저 비워냈다.

"허헛, 이제야 제대로 된 사약이 왔구만. 자네였나?"

죄인은 텅 빈 시선으로 권필을 바라보았다. 권필은 대꾸하지 않았다.

"읍!"

죄인은 한 번 더 경련하더니 그대로 거꾸러지고 말았다.

"수고했네."

대감이 권필을 치하했다.

"죄인들을 방에 가두고 못질을 한 뒤 아궁이에 불을 지펴라."

대감의 명령이 추상처럼 떨어졌다.

"대감."

권필이 고개를 조아렸다.

"뭔가?"

"제 사약을 받은 죄인은 이미 숨이 떨어졌을 것입니다. 그러니 다른 죄인들이나……."

"만호들은 확인하거라."

대감이 소리쳤다. 만호가 확인하니 죄인의 숨은 끊겨 있었다. 그를 제외하고 다른 식솔들을 방에 쓸어 넣었다. 군불이 지펴졌다. 방이 절절 끓도록 지폈다.

사약으로 죽어가는 과정.

이게 팩트였다. 일반적으로 사약을 먹는다고 금세 죽는 일은 없었다. 이렇게 방에 가둔 후에 방 안의 온도를 살인적으로 올려야만 죽는다. 사약의 작동 기전이 음양에 있어 양의 기운을 폭발시키는 원리이기 때문이었다.

조선시대, 세 번이나 사약을 받은 사람은 저 유명한 송시열이었다. 그는 세 잔을 마시고서야 겨우 숨을 거두었다. 전하는 말에 의하면 건강관리를 위해 마셨던 어린아이의 오줌 성분 덕분이었다고 한다.

최고의 기록은 16세기 부제학을 지낸 임형수가 찍었다. 그는 서울에서 나주까지 공수된 사약 16잔을 먹고도 감이 오지 않았다고 한다. 결국 독주 두 잔을 더 마셨지만 그래도 '감'이 오지 않아 스스로 목을 매달고 왕명을 따랐다.

"……."

권필의 시선은 못질이 된 방문에 고정되어 있었다. 몸서리치는 비명이 시공을 울렸다.

민규의 시점은 현실로 나왔다.

'권필……'

체질을 고려했다. 병력(病歷)을 고려했다. 이윤과 권필, 정진도의 생을 고려하면 사약도 약선에 다를 바 없었다. 절대 권력을 생각하면, 사약은 왕이 내린 마지막 음료수가 아닐까? 게다가 권필, 어린아이를 위해 사약에 단맛을 입혀주기도 했다. 이이 거기에 이르니 약선요리라고 주장해도 먹힐 듯싶었다.

하지만!

"약선은 아니!"

긴 생각 끝에 민규가 답을 내놓았다.

"에?"

"아싸!"

재희와 종규의 반응은 사뭇 다르게 나왔다.

"왜요? 사람 몸을 좌우하는 거니까 약선의 일부로 봐도 될 것 같은데······."

재희가 볼멘소리를 냈다.

"넓은 의미의 약선은 맞아. 하지만 현대는 분업의 시대니까 우리는 식용까지만."

민규가 선을 그었다. 공부에 몰입하다 보면 별생각이 다 든다. 이 또한 재희와 종규가 거쳐가는 하나의 과정으로 생각했다.

"어휴, 약선요리는 할수록 어려워요."

재희가 고개를 저었다.

"대신 보람이 두 배잖아? 맛에 더해 아픈 사람이 낫는 걸 보는 것."

"그건 맞지만 공부할 게 너무 많잖아요. 이렇게 보면 이런 것 같고, 저렇게 보면 저런 것 같고. 약재도 이 병에 좋은 것 같지만 지나치면 안 되고, 나쁜 것 같지만 도움이 될 때도 있고."

"복잡할 때는 어떻게 생각하라고?"

"골고루, 골고루 먹으면 상극도 상생도 신경 쓸 필요 없다."

재희가 힘주어 말했다.

"알았으면 치우고 잠시 휴식. 다음 손님이 우태희 씨인가?"

민규가 종규를 바라보았다.

"옙!"

종규 목소리에 힘이 들어갔다. 민규의 유려한 설명에 홀린 것이다.

잠시 휴식을 누릴 때 택배가 왔다. 황 할머니 동생이 보낸 야생초 재료였다. 테이블 위에 놓고 조심스레 포장을 뜯었다.

"......!"

야생초를 본 민규 눈에 빛이 번쩍 들어왔다. 첫 물건은 기가 막혔다. 다른 작은 자루들도 열었다. 그 또한 특상품급이었다. 모든 자루가 그랬다. 새팥도, 마름도, 기타 야생초 나물들도 작고 싱싱한 자태를 자랑하고 있었다. 지난번처럼 잡티와 검불에 쭉정이투성이가 아니었다.

"할머니!"

뒷방으로 가서 황 할머니를 깨웠다.

"응? 민규? 내가 깜빡 졸았네?"

"피곤하세요?"

"아니야. 이맘때면 병든 병아리처럼 하품이 쏟아져서… 아흠."

"동생분에게 식재료가 왔어요."

"그려? 이번에는 어때?"

할머니가 전격 반응을 했다.

"직접 보세요."

민규가 박스를 열어주었다.

"아이고, 이번에는 제대로고만."

"그렇죠?"

"그래야지. 이년이 천벌 안 받으려면 그래야지. 민규 덕분에 돈 걱정 안 하게 되었다면서 그런 쭉정이를 보내면 안 되지."

할머니는 손뼉을 치며 마음을 놓았다.

"탕평채 남겨두었으니까 차와 함께 드시고요, 나물은 가지가지 삶아서 무쳐주세요."

"알았어. 걱정 말더라고."

할머니의 목청도 종규와 재희 못지않게 높았다.

*   *   *

우태희와 은지후.

오늘 예약의 대미를 장식할 사람들이었다. 물론 둘이 오는 건 아니었다. 야외 촬영차 가는 길이니 동료 연예인들이 10여 명이라고 했다. 숫자는 많지만 간단한 죽과 과일정과, 약선차 예약. 크게 힘들 일은 아니었다.

—약선마름죽.

—궁중무화과녹차양갱.

—약선쑥단자.

—궁중앵두정과.

—궁중황도정과.

—약선오미자차.

여기에 과일말림을 몇 가지 더하니 훌륭한 테이블이 되었다.

예약 시간 15분 경과, 민규의 전화가 울었다. 우태희였다.

─셰프님, 차가 막혀서 한 10분 더 늦게 생겼어요. 죄송합니다.

"괜찮아요. 마침 죽이 좀 덜 되었으니 천천히 오세요."

준비는 끝났지만 위로를 주었다. 남은 시간에 꽃으로 조각을 만들었다. 호박꽃과 연꽃, 장미, 보랏빛 도라지꽃을 이용한 장식이었다. 호박꽃으로 연못을, 연꽃으로는 꽃 궁전을, 장미와 도라지꽃으로는 작은 물고기를 만들어 띄웠다.

"대박!"

재희가 다가와 사진을 찍었다. 저렇게 찍어 가면 꼭 연습을 하는 재희였다.

"셰프님!"

차가 도착하자 우태희가 뛰어내렸다. 그녀의 동료들도 앞다투어 내렸다. 처음 보는 사람도 많았다. 그녀들의 눈동자는 더욱 초롱거렸다. 오면서 우태희에게 세뇌를 당한 눈치였다.

"까악!"

미리 세팅된 테이블을 보고는 자지러지는 여자 연예인들.

"어머어머, 이게 다 먹는 거예요?"

꽃보다 아름다운 쑥단자에 홀렸다. 보석보다 세련된 녹차양갱에 홀리고, 환상 같은 자태를 자랑하는 정과에 뻑 가버린 것이다.

"내가 말했지? 우리 이 셰프님 요리는 신선들의 천상 약선 이라고."

우태희 목에 힘이 들어갔다.

은지후는 마지막에 들어섰다. 그리고 후배들이 자리를 마련 해 주자 우아를 떨며 거기 앉았다. 우태희와 은지후. 나이는 다르지만 현재 인기 스타의 대세. 그러나 두 사람의 싸가지는 많이 달랐다.

'풋!'

민규가 혼자 웃었다. 우태희와의 첫 대면 때문이었다. 홍설 아와 함께 왔던 우태희. 그때의 태희도 은지후처럼 쩔었다. 오 만에 꼴값, 어쩌면 오늘의 은지후와 붕어빵 꼴이었다.

"세상에, 여기 조그만 물고기가 들었어."

"물고기가 아니고 꽃으로 만든 거잖아?"

"어머, 그런데 내 눈에는 살아서 움직이는 걸로 보여."

"악, 그러고 보니 이거 일일이 손으로 만든 거야."

연예인들의 수다는 멈추지도 않았다.

"맞습니다. 다 생화 조각이고요, 각색절육이라고 궁중요리 의 한 가지가 있는데 그것처럼 각색절화로 만든 겁니다. 호박 꽃 안에 든 물은 약수고, 꽃 장식 역시 식용꽃들이니까 다 드 셔도 됩니다."

민규가 설명을 붙였다.

"까야, 이거 먹어도 된대."

"정말?"

"야, 애들이 정말……."

연예인들이 자지러졌다. 카메라 앞에서는 우아하지만 민규의 테이블에서는 유치원 아이들과 크게 다르지 않았다.

"애들이 진짜 촌스럽게."

은지후가 군기를 잡았다. 후배 연예인들은 머쓱하게 말문을 닫았다. 하지만 그 비명은 다시 이어지고 말았다. 3종 초자 연수 세트 때문이었다. 물을 담아낸 유리잔에 또 한 번 넋을 놓은 연예인들이었다.

"아유, 진짜 같이 못 놀겠네."

은지후는 끝까지 우아를 떨었지만 물은 제일 먼저 비워냈다.

"물맛도 별거 아니네, 뭐."

그마저 딴죽을 건다. 그냥 두면 분위기를 깰 것 같아 민규가 나섰다.

"손님은 왼팔 저림이 있지요? 더불어 피부가 건조해 국화수와 춘우수, 온천수의 3종 세트를 세팅했습니다. 저녁 촬영 때 메이크업을 하게 되면 평소보다 잘 받을 겁니다."

"어머, 그럼 제 물은요? 저도 화장 잘 뜨는데?"

옆자리 연예인이 질투를 해왔다.

"손님 물에도 춘우수가 있으니 걱정 마세요. 야간 촬영을 가는 길이라기에 모든 분들에게 피부에 좋은 약수를 끼워 넣었습니다."

"그럼 그거만 한 잔 더 마시면 안 돼요?"

"안 될 거 없죠."

민규가 춘우수를 더해주었다.

쪼르륵!

소리가 좋았다.

꼴깍꼴깍!

미녀들의 물 넘김 소리는 더 좋았다.

"언니, 여기서 케이터링 부탁한다고 하지 않았어요? 내 프로그램에도 이 쑥단자 같은 걸로 케이터링 장식하면 너무 신날 거 같아요. 저한테는 언감생심이지만……."

끝자리의 연예인 남예슬이 쑥단자를 들어 보였다. 바라보는 시선이 애잔하다. 갈망이 밤 가루처럼 소복하게 쌓인 눈빛이었다.

애순으로 만든 쑥단자는 신비를 품은 자태였다. 쑥의 아련한 빛깔 위에 내려앉은 밤 가루, 그 위에 올린 당근 꽃잎과 황금 잣은 품격의 끝판왕처럼 보였다.

"뭐, 나쁘지 않네."

은지후가 퉁명스레 반응했다.

"언니, 무슨 반응이 그래? 우리 이 셰프님 서운하시겠다."

보다 못한 우태희가 견제구를 던졌다.

"얘는, 내가 출연하는 특집 프로그램 케이터링이야. 아무나 하는 줄 아니? 그건 그렇고 이 셰프님."

"예?"

"태희 말이 맞아요. 내가 곧 특별한 프로그램에 출연하는데 테이블 장식 요리가 필요하거든요? 그거 좀 맡아주세요."

은지후가 민규를 바라보았다. 어쩌면 명령투처럼 들렸다.

"글쎄요, 제 재주가 궁중요리에 약선요리뿐이라서……."

"이거 이름이 쑥단자라고 했죠?"

은지후가 쑥단자를 들어 보였다.

"예."

"뭐 별로지만 그래도 모양은 괜찮네요. 특히 이 금잣……."

"……."

"가능하면 금을 많이 써서 화려하게 해주세요. 양도 높이 쌓아서 한눈에 띄도록 격을 높여주시고요."

"궁중요리는……."

"돈은 얼마가 들어도 상관없어요. 저기 무화과녹차양갱, 앵두정과, 복숭아정과… 저런 것도 괜찮아요. 하여간 최고로 우아하게, 고급지게, 최고로 튀게. 아셨죠?"

"……."

"이렇게 쪼잔하게 몇 개씩 담지 마시고요 몇십 개씩 쌓아서 팍 눈에 띄게 하시라고요."

화려하게, 푸짐하게, 고급지게, 많게!

끝도 없는 수사가 민규의 빈정을 상하게 만들었다. 정진도의 전생 기억 때문이었다. 정진도가 야생초죽으로 빈민 환자들을 돌보던 시절. 돈만 있으면 양반 신분을 살 수 있는 사회였다. 돈으로 양반을 산 사람들의 잔치가 그랬다.

화려하게, 푸짐하게!

호화로운 음식을 수십 단으로 쌓고 또 쌓아 열등감을 감추고 과시를 하는 것이다. 나도 양반이다!

"그렇게 많이 하면 다 먹을 수는 있습니까?"

우태희 입장을 고려해 정중하게 물었다.

"약선요리는 좀 하시지만 케이터링은 잘 모르시네요? 그건 먹을 거 아니에요. 장식이죠. 화면을 빛나게 하는 데코레이션!"

은지후가 잘라 말했다.

"그럼 저는 사양하겠습니다."

민규 대답도 단호했다.

"예?"

"사양한다고요."

"뭐라고요? 돈은 얼마든지 준다니까요? 500만 원? 1,000만 원? 얼마면 되는데요?"

은지후가 목청을 높였다.

"언니!"

우태희가 각을 세웠다.

"넌 좀 빠져. 돈 준다는데 뭐가 문제야? 솔직히 내 케이터링 아무나 만드니? 방이동 유 선생도 내 테이블 좀 차리고 싶다고 몇 번이나 전화 왔는데."

"그럼 그분 요리로 하시죠."

민규가 받아쳤다.

"이봐요, 셰프. 대체 얼마면 하실 건데요?"

"돈은 상관없습니다. 다만 저는 사람이 먹는 요리만 합니다. 장식으로 놓였다 버려지는 요리가 아니라."

민규 목소리에 힘이 실렸다. 푸근하고 달콤한 쑥단자를 닮았던 목소리가 아니었다. 조용하지만 좌중을 압도하는 카리스마로의 변모였다.

"……."

"그게 약선요리고 궁중요리입니다. 그저 장식용이라면 그 분야가 따로 있지 않습니까? 귀 버린 것 같으니 좀 씻고 오겠습니다."

민규가 쐐기를 박았다.

위엄에 눌린 은지후는 입도 벙긋하지 못했다. 맺고 끊음이 확실한 민규. 그런 민규를 바라보며 우태희가 방그레 웃었다.

잘했어요.

속이 시원해요.

민규에게 보내는 그녀의 지지였다.

"저기요."

계산을 마치고 나가는 연예인들, 은지후의 소지품을 챙겨
가는 남예슬을 잡아 세웠다. 데뷔한 지 몇 년 되었지만 변변
한 히트 한번 치지 못해 스타들의 후광을 받아야 하는 신세.
지금 출연하는 허접한 케이블프로그램도 은지후가 소개한
프로그램이었다. 그러니 그녀의 따까리를 도맡는 남예슬이었
다.

　"네?"

　"아까 약선요리 케이터링 하고 싶다고 하셨죠?"

　"네."

　"제가 맡아드릴까요?"

　민규가 웃었다.

　"네? 아까 셰프님은 그런 거 안 하신다고……."

　"그건 은지후 씨 경우고 손님은 다르죠. 케이터링 필요하세
요?"

　"네. 하지만 우리 프로그램은 광고주가 별로 없어서 셰프님
요리비를 찬조하지 못할 거예요. 저도 신인급에 출연료가 찔
끔이라 따로 맞출 주제가 못 되고… 아까 말씀하시는 거 보니
셰프님 요리라면 적어도 500만 원은……."

　"그 10분의 1이면 되요."

　"네? 정말요?"

　"아까처럼 소담한 쑥단자와 녹차양갱, 오미자정과, 대추살
로 수놓은 판증편 등으로 질박하게 해드릴게요. 대신 안 먹고

버리시면 안 돼요."

"셰프님……."

민규의 제의에 감동한 남예슬, 바로 눈물을 쏟았다. 나중에 알았지만 이 여자는 눈물 천사였다. 방송에서도 툭하면 눈물을 글썽거렸다.

"날짜하고 시간 정해서 연락하세요. 조심해서 돌아가시고요."

"고맙습니다. 정말 고맙습니다."

남예슬은 90도 인사를 몇 번이고 거듭했다.

케이터링.

남예슬은 마음을 다한 갈망이었고 은지후는 마음보다 과시였다.

그러니 꼭 가야 할 사람에게 가는 순간이었다. 요리에도 궁합이 있는 법!

2. 황금알을 낳는 잉어탕

　이 50만 원짜리 케이터링이 초대박을 쳤다.

　남예슬이 출연하는 토크쇼는 원래 시청률이 바닥이었다. 방송국에서도 메인 축에 속하지 않았다. 방송 내용은 컴백하는 연예인이나 프로스포츠 선수들의 비하인드 스토리 중심.

　민규의 케이터링이 들어간 날은 배구를 접고 베이커리를 하다가 컴백하는 여자 프로배구 선수가 초대되었다. 은퇴 전에도 주목었던 신수다 큰 존재감은 없었다.

　하지만 케이터링은 달랐다. 시청률은 0.46%에 불과했지만 그녀와 남예슬 앞에 놓인 케이터링이 실시간검색어 1등을 차지해 버린 것.

〈뜨는 셰프 이민규의 넋을 뺏는 케이터링〉
〈민족 셰프의 케이터링으로 눈 호강〉
〈케이터링의 새로운 지평, 약선 케이터링〉

제목은 다양했지만 사진은 비슷했다. 방송 화면을 잡았거나 케이터링 영상만을 모아 짤막하게 재편집한 약선 케이터링. 그 우아한 자태에 방송 조명이 더해지자 예술미가 한결 돋보이게 된 것.

남예슬의 토크쇼는 단숨에 인지도 상한가를 쳐버렸다. 덩달아 남예슬의 이름도 '난생처음' 검색어 상위에 랭크되었다.

민규의 전화가 울렸다. 남예슬이었다.

—셰프님, 저 남예슬이예요.

"예."

—인터넷 보셨어요? 저희 프로그램, 대박이 났어요.

"그래요? 축하합니다."

—이게 다 셰프님 요리 덕분이라고요.

"요리 때문이긴요. 출연자분들이 잘하신 거겠죠."

—아니에요. 그날 같이 보내주신 약수 덕분에 제 화장이 기막히게 받아서 돋보인다는 말은 들었지만 요리가 주인공이었어요. 다들 난리라니까요.

"……"

―담당 피디님 말이, 스폰서 광고도 굉장히 많이 들어왔대요. 그래서 저한테 특명을 내렸어요.

"특명요?"

―돈 얘기 해서 죄송한데⋯ 돈은 얼마든지 드릴 테니 셰프님에게 가서 이번 회차 케이터링 받아 오라고요. 못 받으면 저를 하차시킨다네요.

"⋯⋯."

―저번 요리는 저랑 출연자들이 다 먹었거든요. 이번에도 팥소 한 톨 안 남기고 다 먹을게요. 그러니 부탁 좀 할 수 있을까요?

"다 먹는 조건이라면 해드리죠."

민규가 쿨하게 접수했다.

―고맙습니다. 대신 돈은 500만 원도 문제없다고 해요.

"돈은 50만 원 그대로 주세요. 대신 메뉴는 조금 바꾸는 게 좋겠어요."

―그래도 되겠어요? 죄송해서⋯⋯.

"대신 남예슬 씨 고정으로 해달라고 하세요. 아니면 케이터링 안 갑니다."

―우왕, 셰프님⋯⋯.

전화 속에서 남예슬의 눈물보가 터졌다.

"내일 보내면 되죠? 몇 시까지 보낼까요?"

―아뇨. 전화만 하세요. 저희 국장님하고 피디님이 인사하

고 싶어 하세요. 만년 찬밥 프로그램이었는데 살맛 난다면서 인사하고 싶으시대요. 완성된 요리 있으면 미리 찍어서 예고 편에 올리기도 하고요. 이런 대우 처음이에요.

"인사는 필요 없는데 예고편 때문이시라니……"

민규가 수락을 했다.

—고마워요, 셰프님. 너무너무 고맙습니다.

그렇게 남예슬과의 통화를 끝냈다.

다음 날, 남예슬과 국장, 피디는 약속 시간보다 15분이나 일찍 도착했다.

"셰프님!"

남예슬이 일행을 소개했다.

"고맙습니다. 우리 프로그램의 은인이십니다."

피디가 허리를 숙였다. 준비한 요리 일부를 공개해 주었다.

"으엇, 기가 막히군요."

피디와 국장은 그 자리에 얼음땡, 돌조각이 되었다.

피디가 직접 카메라를 들이댔다. 예고편용 케이터링을 찍는 것이다. 화면은 바로 이메일로 날아갔다. 피디와 국장에게는 약선차를 주고 남예슬에게는 지난번과 같은 초자연수 3종 세트를 주었다. 얼굴을 예쁘게, 피부를 윤택하게 하는 추로수가 낀 물이었다.

"고맙습니다. 고맙습니다."

남예슬의 인사는 멈출 줄을 몰랐다.

케이터링.

번지수를 제대로 찾았다. 은지후을 선택했다면 느낄 수 없는 보람이었다.

*　　　　*　　　　*

"다녀올게."

저녁 무렵, 일찌감치 예약을 마무리한 민규가 탑차에 올랐다. 영부인과의 안가 회동 때문이었다.

"내가 데려다줘도 되는데……."

종규가 서운한 표정을 지었다.

"정과 연습!"

민규가 바구니의 과일을 가리켰다. 석류정과, 앵두정과, 복숭아정과… 민규가 준 숙제였다.

"알았어."

"잘 다녀오세요, 셰프님."

재희도 마당에 나와 배웅을 했다.

부웅!

차는 이내 도로에 올라섰다. 네비게이션을 바라보았다. 행선지는 삼청동이었다. 가는 길에 차가 밀렸다. 버스 전용 차선에 끼어든 승합차 때문이었다. 얌체 주행을 하다가 뒤쪽의 버스가 경적을 울리자 2차선으로 빠지면서 추돌사고를 냈다. 20여 분을 허비하고 말았다.

그렇게 목적지로 가는 도중, 민규의 전화가 울렸다. 남예슬이었다.

─셰프님!

그녀의 목소리는 천둥처럼 씩씩했다.

"방송 끝났어요?"

─네, 녹화도 잘 끝났고 방금 방송도 나갔어요.

"목소리 들으니 반응이 괜찮은 모양인데요?"

─네, 저희 프로그램이 난생처음으로 5.5%를 찍었어요.

"⋯⋯?"

─5.5%요. 셰프님은 이게 어떤 건지 잘 모르시죠?

수화기 너머로 남예슬의 눈물이 느껴졌다. 눈물 천사라는 닉네임이 괜한 건 아니었다. 하지만 케이블 시청률 5.5%의 의미를 왜 모를까?

케이블은 보통 1%의 시청률에 기준을 둔다. 이 정도면 무난하다. 3%가 넘으면 대박으로 꼽는다. 4%나 5%가 넘으면 초대박이다. 늘 0점대 밑에서 놀던 시청률이 5.5%가 되었으니 남예슬에게는 만루홈런이나 다름이 없었다. 5년여의 긴 무명 방송 생활 중에 처음으로 쏘아 올린 만루홈런.

─셰프님, 고맙습니다. 오늘도 셰프님 케이터링이 주인공이

었고 저는 보조였어요. 하지만 셰프님의 보조가 된 것도 영광이었어요. 지금 셰프님 케이터링이 다시 검색어 1위고 제 이름이 2위예요. 이 은혜 죽어도 잊지 않을게요.

"그래요. 죽어서 잊을 생각 말고 살아서 더 멋진 진행하세요. 아셨죠?

—네, 셰프님.

"그럼 이만 끊어요. 제가 지금 운전 중이라서요."

—어머, 죄송해요. 고맙습니다. 고맙습니다.

톡!

통화 종료 버튼을 누르고 종규 번호를 눌렀다.

—옛썰, 하명하실 일이 있으십니까?

종규가 전화를 받았다.

"남예슬 씨 방송국 알지?"

—응, 우리도 방송 봤는데?

"쓰읍, 연습은 안 하고……."

—헤헷, 형 요리가 나오잖아? 좋은 요리 보는 것도 공부라고 한 말은 누가 한 말일까요?

종규가 민규를 놀려먹었다.

"알았다. 아무튼 남예슬 씨에게 축하 꽃바구니나 좋은 걸로 하나 보내줘라. 오늘도 시청률 잘 나왔다던데……."

—그럼 남예슬 씨가 형한테 보내야 하는 거 아니야?

"누가 보내면 어때? 인기 없다고 굉장히 찬밥 신세였던 모양인데 보기 좋잖냐?"

—알겠습니다. 분부대로 하겠습니다.

종규가 전화를 끊었다. 삼청동이 가까워질 무렵에 다시 전화가 들어왔다.

"보냈냐?"

민규가 물었다.

—응, 그런데……

"왜? 문제 생겼어?"

—형하고 남예슬 씨하고 텔레파시 해?

"무슨 소리야?"

—이게 말이야, 내가 방송국 근처의 꽃집을 수배해서 특급 배달로 신청했거든. 그래서 배달 완료했다는 문자를 받았는데…….

"그랬는데?"

—방금 남예슬 씨한테서 퀵으로 대형 꽃바구니가 왔어. 감사하다는 카드와 화이트와인 한 병까지.

"……?"

—이래도 텔레파시 아니야?

"어이구, 머리 쓰느라 애쓴다. 방송 다 봤으면 요리 연습이나 하셔."

민규가 전화를 끊었다.

텔레파시!

그런 게 있을 리 없었다. 하지만 한 가지는 분명했다. 그녀의 순수함과 어려운 환경에 마음이 갔다는 것. 처음부터 그래서 도왔던 것. 그 마음을 알아 꽃까지 보내왔다니 보람이 있었다.

[안내를 종료합니다.]

네비게이션이 목적지 도착을 알렸다.

삼청동 안가.

그런 게 뭔지 모른다. 이따금 방송에서 국정원 안가니 청와대 안가니 하는 표현을 들었지만 와볼 줄은 몰랐던 민규였다.

왕들의 사가(私家).

바꾸어 생각하니 이해가 빨랐다. 민규 방식대로 적응해 나갔다.

"이 셰프님."

대기실이었다. 발소리가 들리더니 영부인이 등장했다. 민규를 안내해 온 남자 직원과 함께였다.

"이쪽으로 오세요."

영부인이 복도를 가리켰다. 인사를 하고 일어섰다.

"바쁜데 모셔서 죄송해요."

"아닙니다."

"여기에요. 들어가세요."

그녀가 직접 문을 열어주었다. 테라스풍의 시원한 방이었다. 대형 유리 너머로 야경이 한눈에 들어왔다.

"차 마셔야죠?"

"차는 제가 준비해 왔습니다."

"어머, 그래요?"

그사이에 민규가 약선차를 꺼내놓았다. 황제의 차, 제호탕이었다.

"와아, 제호탕이네요? 지난번 차향이 아직도 입안에 남았는데……."

쪼르륵!

준비된 잔에 제호탕을 따라주었다.

"흐음, 솔직히 이 차 생각이 났어요. 그래도 차마 말씀은 못 드렸는데 우리가 통했군요."

통했군요.

또 텔레파시다. 방금 전 종규에게 듣고 또 들으니 괜한 웃음이 나왔다.

"방송 봤어요."

차를 한 모금 넘긴 영부인이 온화하게 웃었다.

"네?"

"요즘 화제가 되는 케이터링이라는 요리 말이에요. 오늘 것도 대단하던데요?"

"그것도 보셨습니까?"

민규가 추임새를 넣었다. 영부인이 보았다는 건 뜻밖이었다.

"제가 이 셰프님 팬이거든요. 비서관에게 부탁해서 이 셰프님 관련 소식은 전부 스크랩하고 있어요."

"네……."

"아, 바쁜데 사설이 길었죠? 아침마다 새벽 장을 가신다니 빨리 보내 드려야 할 텐데……."

"괜찮습니다. 식재료가 넉넉한 날은 안 가기도 하니까요."

"지난번 문제로 모셨어요. 대사관 외교 사절 만찬회 말이에요."

"예."

민규가 답했다. 짐작하던 일이었다.

"후밍위안과 통화를 했어요. 만찬회가 머지않았잖아요."

"……."

"그런데 이 여자가 딴소리를 하네요."

'딴소리?'

"자기가 주도하던 일에 무임승차시키는 기분인가 봐요. 그러니 자꾸 괜한 핑계를 대는 거죠."

"테스트를 원하는군요?"

빙빙 도는 영부인을 민규가 세워놓았다. 중국요리에 대한 자부심이 하늘을 찌른다는 중국 대사 부인. 서울광장에서 민규 요리를 맛보았다지만 그걸로는 부족한 모양이었다. 그렇다면 다른 요구가 나올 수밖에 없었다.

"족집게시네요."

영부인이 얼굴을 붉혔다.

"그러시면 저희 가게로 모시고 오시면 어떨까요? 누구 인정을 받기 위해 요리하는 건 아니지만 그분 마음을 녹이도록 준비를 해보지요."

"저도 그렇게 제의했는데 그 사람이 다른 제안을 들고 나왔어요."

"다른 제안이라면?"

"모레 중국의 고위급들이 방한을 해요. 남북 화합 협력 문제와 더불어 중국의 한국 제한 완전 해제, 중국에서의 한국 기업 활동에 대한 제재 해제 등의 포괄 협의차……."

"……."

"그 요인들 만찬을 맡아보겠냐고 해요."

"……?"

"그런데 이게 후밍위안의 계략이에요. 이들 인사들의 방한은 세 번째인데 늘 지지부진했거든요. 이번에도 우리 쪽 제의로 들어오기는 하지만 성과가 없을 가능성이 높아요. 그렇게 되면 만찬의 요리에 핑계를 돌리려는 거죠. 요리 때문에 분위기가 경직되었다. 저쪽 사람들이 써먹는 방법 중의 하나이기도 해요."

"몇 분이나 오시나요?"

민규, 영부인과는 달리 논점 속으로 들어가 버렸다.

"대략 10여 명 정도……."

"장소는요?"

"외교부 공관이 될 거예요."

"해보죠."

민규의 답은 시원했다.

"이 셰프님."

"어차피 시작한 일입니다. 상대가 작심하고 던진 딜이라면 받아야죠. 대신 이번만 그렇게 하시고 다음부터는 영부인께서 판을 주도해 주시면 고맙겠습니다."

"그런데……."

영부인이 말을 끊고 나왔다. 민규가 쿨하게 접수함에도 여전히 표정은 어두웠다. 그 원인이 나왔다.

"실은 그 조건에도 옵션이 있어요."

'옵션?'

"열 명 중에 대표급 두 명이 있는데 이분들이 나름 미식가인 모양이에요. 그 두 사람의 인정을 받으면 이 셰프의 실력을 생각해 보겠다고… 굉장히 오만한 발상인데… 괜찮겠어요?"

"두 명의 미식가……."

"죄송해요. 후밍위안이라는 여자가 워낙 요리에 해박해요. 게다가 집안 내내로 중국 최고의 요리사들과 가깝게 지내다 보니……."

"그 제안은 거절합니다."

"셰프님."

칼같은 반응에 영부인의 안색이 파랗게 질식해 갔다.

"대신 이렇게 전해주세요. 열 명 중의 두 명 만족, 그건 손님을 모시는 한국 요리의 예의가 아니다. 그러니 열 명 모두를 만족시키겠다고요."

"……!"

질식하던 영부인의 안면에 생기가 들어왔다. 일대 반전을 이루는 선언이 나온 것이다.

"열 명 중 열 명!"

민규가 한 번 더 강조했다. 카리스마에 홀린 영부인의 눈빛은 몽롱한 안개 속을 헤매고 있었다.

*　　　*　　　*

외교부 공관 식당 금요일 오후 7시.

새로운 과제를 받았다.

영부인은 비서관을 통해 모든 정보와 자료를 제공해 주었다. 만찬에 참석할 중국 관료는 총 11명이었다. 여자가 셋에 남자가 여덟 명… 기타 관련자들이 소수 참가할 수 있다는 덧붙임이 있었다. 대표자 둘이 국장급이었고 나머지는 실무자들이었다. 사진까지 왔으므로 체질 창 분석도 끝냈다.

중국인.

오후의 막간을 이용해 생각에 잠겼다. 테이블에는 중국 관리들의 식성 정보가 어지러웠다. 훠궈도 있고 오리구이도 있고 거위도 있었다.

거위라면 이윤의 주특기 요리에 속했다. 거위의 육질은 쫄깃함의 극치. 닭이나 오리와는 견줄 수 없는 식재료였다.

하지만 민규 머리에 들어오는 건 황하였다. 중국인들은 황하를 어머니의 강으로 부른다. 그 어머니의 품에 사는 자식 중에 최고는 잉어였다. 잉어는 용이 될 수 있는 물고기. 중국인들은 또 그들을 용의 후손이라고 생각한다.

황하와 잉어, 그리고 용.

세 단어를 메모했다.

이런 까닭에 중국에서는 생선요리, 그중에서도 잉어를 각별하게 꼽는다. 여기에는 잉어의 이름도 한몫을 먹고 들어간다. 잉어의 한자명은 이어(鯉魚). 그러나 발음은 이익(利益)과 비슷하다. 그렇기에 잉어를 먹는다는 건 돈을 많이 벌고 집안에도 이롭고 유익한 일이 가득하게 해달라는 의미가 담겨 있다.

귀한 손님 대접에도 물고기나 잉어가 빠지지 않는다. 비싼 생선을 제공하면 제대로 대접했다는 만족을 느낀다. 미중(美中) 정상의 만찬에 나온 메인도 생선요리였다.

상하이나 광둥에서 즐겨 먹는 석반어, 내륙 지역에서 즐기는 잉어찜 칭정리위……

사실 중국인의 식성도 많이 변했다. 전통요리를 버리지는 않았지만 바비큐와 딤섬에, 피자, 스시, 스파게티까지 가리지 않는다. 최근 중국인 입맛 조사에서도 피자와 스시, 스파게티 등이 랭킹 10위 안에 들어올 정도였다.

하지만 이 만찬은 외교의 일환이었다. 외교 만찬이라면 상대국의 전통적인 문화나 식습관을 고려하는 게 예의. 민규 역시 메인 메뉴로 잉어찜을 '찜'했다. 문제는 잉어를 어떻게 요리할까 하는 것이었다.

재료를 결정하자 이윤의 요리를 파고들었다. 그의 오리찜은 정평이 나 있지만 잉어나 붕어찜 또한 절정의 요리를 자랑하고 있었다.

먼 전생의 요리 과정이 보였다. 싱싱한 잉어를 잡은 이윤이 손질을 하고 있었다. 권필이라면 우레타공으로 뼈를 추려냈을 일. 하지만 이윤은 차분한 손길로 잉어를 달래며 배를 갈랐다. 그러자 어떤 한 마리의 배에서 나무토막이 나왔다.

"……!"

민규가 놀라 화들짝 눈을 떴다. 나무토막에 잉어가 그려진 것이다. 그 잉어를 따라 메아리가 들렸다.

목동이 꿈을 꾸니 물고기의 바다요 깃발의 바다라네.
복술가가 말하길 물고기는 풍년 들 조짐이오, 낭군의 소식 올 일이며 집안이 잘될 조짐.
상서로운 잉어를 보았으니 하늘의 뜻이라, 길조 중의 길조를 얻었네.

메아리는 시경에 나오는 내용으로 보였다. 작은 나무토막은 어전척소(魚傳尺素)였다. 어전척소는 소식을 전한다는 뜻이다. 고대 중국에서는 편지를 보낼 때 잉어의 배 속에 넣어 보낸다는 민요가 전해지니 잉어는 하늘의 뜻을 전하는 동시에 가족의 소식을 전하는 전령사이기도 했었다.

연못을 보았다. 연꽃이 뽀송한 꽃망울을 터뜨렸다. 저 아래 잉어가 산다고 해도 이상하지 않을 풍경이었다. 연근을 보았다. 연자도 보았다. 어쩌면 잉어의 알처럼도 보였다.

잉어, 잉어……

잉어 배 속에 넣어 전달되는 편지.

잉어가 전하는 행운.

이윤의 환상은 거기서 사라졌다.

'어전척소……'

오랫동안 그 단어를 음미했다.

이틀 내내 민규는 잉어에 골똘했다. 잉어를 사고, 잉어껍질을 벗기고, 지느러미를 모았다. 건조기와 자연 햇살을 오가며 말리기도 했다. 말린 다음에 북어포를 한 결씩 뜯어내듯 보풀을 벗겼다. 그냥도 빗기고 나무방지로 누르려 벗기기도 했다.

다음은 연꽃이었다. 연근을 썰고 잎의 즙을 내고 연자를 쪄서 빻았다. 민규가 집중하는 재료는 오직 두 가지였다.

"셰프님!"

만찬회가 시작되기 다섯 시간 전, 외교부에서 차와 사람을 보내왔다.

"준비는?"

민규가 재희와 종규를 돌아보았다.

"준비 완료!"

재희가 거수경례로 화답했다. 둘은 오늘의 보조 역할이었다.

"할머니, 저희 다녀올게요."

황 할머니에게 가게를 맡겼다. 문을 닫고 가도 되지만 아직 이른 오후. 황 할머니도 책임감이 있으니 열쇠를 맡기기로 했다.

"중국 사람들 요리하러 간다고?"

할머니가 물었다.

말의 뉘앙스가 묘하게 들렸다.

"예, 입맛 쫙 가게 만들고 올게요."

종규의 의욕은 황하보다 길게 뻗어나갔다.

"재료 실어라. 하나도 빼먹지 말고."

민규의 지시가 떨어졌다. 재희와 종규가 앞다투어 식재료를 실었다. 외교부 공관에도 기본 식재료는 갖추어 있었다. 하지만 오늘 쓸 메인 재료는 따로 준비하는 민규였다. 약장에서 몇 가지 약재도 꺼냈다. 숙지황과 생강, 감초, 잔대 등의 한약재였다.

—이 셰프님.

가는 길에 영부인의 전화가 들어왔다.

—어디세요?

"지금 출발했습니다."

—도와드릴 건 없나요?

영부인이 물었다.

"없으니 그저 평안하게 즐기십시오."

민규의 대답은 한마디뿐이었다.

외교부 공관 주방에 들어섰다. 주방 직원과 서빙을 도울 직원들 10여 명이 보였다. 그들 중 일부는 놀란 눈이 되었다. 민규 때문이었다. 그 일부는 민규를 몰랐다. 전통요리를 대표하는 셰프. 그 기대감이 빗나가는 눈빛이었다.

영부인의 추천. 그렇기에 잔뜩 기대하던 주방 직원들. 기대에 비해 민규가 너무 젊었던 것이다. 개의치 않고 식재료를 세팅했다. 거기서 직원들이 또 한 번 놀랐다. 민규의 식재료가 너무 간단해 보였다.

"저기……"

주방 관리사는 우리를 잠시 놓쳤다.

"하실 말씀 있습니까?"

"죄송하지만 오늘 메뉴가 무엇인지……."

"아직 비밀입니다."

"설마 이 재료들이?"

"그렇습니다만……."

"후우!"

관리자 입에서 한숨이 나왔다. 밖으로 나간 그가 책임자를 데려왔다. 그에게 말을 옮긴 모양이었다.

"셰프."

"요리에 방해받는 건 싫어합니다만."

눈치를 챈 민규가 선을 그었다.

"그건 압니다만 오늘 이 만찬, 굉장히 중요합니다. 그러니 메뉴 선정을 고급스레 하셔야……."

"메뉴에 관한 건 영부인님과 상의가 끝났습니다."

"하지만… 우리 요리사 말로는 그 재료들로는……."

"아직 요리를 시작하지도 않았습니다. 속단하지 말아주시면 고맙겠습니다."

"……."

"아니면 제가 영부인님의 의견을 다시 들어보겠습니다."

"……!"

민규가 뚝심으로 나오자 책임자 얼굴이 창백하게 변했다. 영부인이 적극 천거한 셰프. 자기 선에서 멋대로 다룰 수 없으니 별수 없이 자리를 비켜주었다.

잠시 후에 영부인이 들어왔다.

"어때요? 준비는 잘되고 있나요?"

그녀가 물었다.

"예."

"오늘 한국 요리의 진수를 보여주세요."

"예."

간단히 답하고 요리 준비에 들어갔다. 주방에서는 긴말이 필요치 않았다.

밖으로 나온 영부인은 외교부 차관 부부를 대동하고 후밍위안과 대사를 맞았다.

"기분이 좋아 보이시네요."

후밍위안이 의례적인 인사를 해왔다.

"후밍위안에게 한국의 맛난 요리를 선보이는 날이잖아요? 즐겁지 않을 수가 없지요."

"말씀하시던 젊은 셰프가 왔나요?"

"지금 주방에 있어요. 기대하세요."

"기대하죠."

후밍위안이 가벼운 인사를 남기고 스쳐 갔다. 그녀는 곧 중국 관료들과 인사를 나누며 자국 이야기로 화제의 꽃을 피웠다. 가히 사교적이다. 외교관의 아내로서는 100점을 주어도 될 성격이었다. 딱 한 가지 단점은 자국 요리에 대한 지나친 자부심뿐.

'이 셰프……'

영부인의 시선이 주방 쪽으로 향했다.

'부탁해요.'

영부인의 바람 속에는 그 한마디가 바글거리고 있었다.

여기저기서 담화가 익어갔다. 의제는 이미 다루었으니 사적인 얘기가 오갔다. 더러는 중국 관리들끼리, 또 더러는 한국 외교 관리들과 섞여 소소한 대화를 나누었다. 중국말도 들리고 한국말도 들리고, 영어도 들렸다.

그들 사이를 오가는 건 재희와 종규였다. 명찰까지 받아 든 둘은 각각 두 가지 초자연수를 들고 있었다. 열한 명의 중국 관리들에게 따라지는 물은 달랐다. 이미 체질을 분석한 민규가 각각의 물을 지정해 준 것이다. 그렇기에 주방 직원들에게 맡기지 않았다.

"여러분!"

대화 중에 차관이 주의를 끌었다.

"오늘 만찬을 주관할 셰프를 소개합니다."

차관이 민규를 가리켰다. 단아한 대령숙수 복장의 민규가 좌중을 향해 인사를 했다.

"어리네?"

"서양요리를 내려나?"

중국 관료들이 수근거렸다.

"중국어 하실 줄 안다고 했죠? 인사 한마디 하세요."

차관이 민규에게 기회를 주었다.

"오늘 여러분의 만찬을 맡은 셰프 이민규입니다. 오늘 제가 준비하는 요리는 한국의 전통요리에 뿌리를 두었지만 중국 손님들도 익숙하게 즐길 수 있는 요리입니다. 모쪼록 즐거운 시간 되시기 바랍니다."

인사를 마쳤다. 박수가 나왔지만 형식적이었다. 하지만 뒤편의 박수 소리 하나는 특별하게 크게 들렸다.

"……!"

고개를 들던 민규, 그대로 시선을 멈췄다.

'황징위?'

처음에는 눈을 의심했다. 뉴욕에서 만난 중국 미식가 겸 사업가 황징위. 그가 여기 있을 리 없는 까닭이었다. 하지만 착각이 아니었다. 그가 다가와 악수를 건넨 것이다.

"이것 참 굉장한 행운이군요. 어쩐지 여기 오고 싶더라니 셰프님을 만나는군요."

황징위가 웃었다. 그는 관련 사업자 자격으로 참가를 했다. 황징위 말고도 두 사람이 더 있었다.

"리린과 따님은요?"

"아, 우리 리린……."

황징위가 핸드폰을 열었다. 거기 비키니를 차려입은 기막힌 여자의 사진이 있었다. 리린이었다. 그녀, 마침내 그녀가 갈망하던 비키니를 입고 딸과 함께 바다로 나가는 모양이었다.

"끝나고 리린과 통화해요. 굉장히 좋아할 겁니다."

황징위가 웃었다.

"저분하고 아는 사이입니까?"

주방으로 돌아올 때 책임자가 물었다.

"예. 뉴욕에서 요리를 해드린 적이 있습니다. 저분 아내와 딸까지……."

"……!"

책임자의 눈빛이 변하는 게 보였다. 황징위, 이번 일에도 깊숙이 관여하는 사업가인 모양이었다.

"에헷, 이제 셰프님을 알아보는 눈치인데요?"

재희 얼굴이 활짝 펴졌다.

"누가 알아보는 건 중요하지 않아. 오늘의 요점은 오직 뭐다?"

"요리!"

"알았으면 서빙 준비. 접시 세팅하고 꽃 오림과 데코레이션 준비물 제자리에!"

"네, 셰프님."

재희가 긴장하기 시작했다.

"……?"

첫 요리가 나가자 중국 관료들의 고개가 갸웃 기울었다. 쑥 갓 잎을 눌러 부친 새하얀 묵전과 함께 나온 수프였다.

—지느러미수프.

수프 식감은 부드럽고 맛은 기가 막혔다. 하지만 중국요리로 유명한 제비집 수프는 아니었다.

"물고기 껍질 말림인가?"

"연근가루 냄새도 나는 거 같은데?"

중국 관료들의 추측이 난무했다.

두 번째 나온 요리는 궁중연근전과 연잎규아상만두였다. 연근은 삼색으로 구워냈다. 치자 물을 들인 노랑과, 맨드라미의 빨강, 그리고 오디 물을 들인 자색이었다. 셋 다 중국을 상징하거나 중국인들이 좋아하는 색인 데다 빈 구멍 안에는 고기가 채워져 있었다.

"와아!"

중국 관료들은 색깔 구성에 넋을 놓았다.

"생선 살인데?"

"숭어인가?"

"연근 맛에 녹아든 고기의 푸근함……."

"이 만두 좀 봐. 투명한 봄에 호롱불을 켠 것처럼 붉은 속살이 비치고 있어."

"여기도 고기가 들었는데 맛이 조금 다르네?"

"아삭아삭, 식감이 그만인데?"

연근전과 연잎규아상만두도 호평 일색이었다. 이 규아상은 오이를 중심으로 하는 것과 달리 당근을 재료로 섞었다. 투명한 연잎만두피였으니 같은 계열의 오이보다 보색의 당근을 써서 색감을 살린 것. 당근의 황색 역시 중국인들을 위한 배려였다.

그러나 규아상은 차게 먹는 만두였으니 따뜻한 식감을 누르기 위해 초자연수 하빙을 장치했다. 규아상 접시 아래 또하나의 접시를 받치고 거기에 하빙을 둘러 넣은 것. 그릇 둘레에 넣어 음식을 차게 하면 몸의 열을 없애고 가슴이 답답한 것을 없애주니 일석이조의 효과였다.

"장식물도 호화로운데? 이 나비와 꽃 모양은 채소와 생화로 만든 거야."

"아니, 진짜 나비도 있어요."

장식물을 보던 여직원이 소리쳤다. 그녀 손이 닿자 노란 나비가 날아오른 것이다.

"와아!"

여직원들은 나비에서 눈을 떼지 못했다.

그 모든 과정들은 영부인과 후밍위안의 기억에 쌓여갔다. 후밍위안은 규아상을 씹고 있었다. 처음에는 마음에 들지 않았다. 하지만 앞에 놓인 규아상 냄새가 옥침을 자극했다.

꼴깍!

자신도 모르게 침을 넘긴 것이다.

이따위 허접한 만두…….

우리 중국은 만두의 본산이야.

이 정도로는 어림도 없지.

애써 외면했지만 또 침이 넘어왔다. 그래서 대략 한 입을 물었다.

'그래 봤자……?'

한 입을 물자 청아한 맛이 입안에 퍼졌다. 밍밍하지만 식재료 본연의 달달함으로 식욕 본능을 저격하는 규아상이었다.

'그럴 리가?'

다시 하나를 깨물었다. 그러자 더 또렷해진 맛이 안개처럼 미각세포 안으로 스며들었다. 그 맛에 놀라 씹지도 삼키지도 못하는 후밍위안. 이건 겉으로 보이는 것과 다른 만두였다.

'후훗.'

옆자리의 영부인 입꼬리가 살짝 올라갔다. 영부인은 허튼 참견 없이 요리를 즐겼다. 당근이 들어간 규아상. 하빙 덕분에 달달하면서 속까지 시원했다.

세 번째 코스.

어느새 만찬장의 시선은 요리가 나오는 주방 쪽으로 쏠려 있었다. 이번엔 뭐가 나올 것인가? 큰 기대감 없던 현장은 반전된 분위기였다.

마침내 새 접시가 보였다. 재희가 앞이었고 공관 직원들이 그 뒤를 이었다.

―어만두.

―보푸라기완자.

―물고기껍질쌈.

세팅된 요리는 세 가지였다. 연두연잎 위에 연꽃 한 잎, 그리고 그 위에 올라앉은 하나하나의 어만두. 칼집이 들어가 살아 있는 비늘처럼 보이는 자태는 우아함과 세련미의 극치였다.

보푸라기완자는 또 어떤가? 얼리고 녹이기를 거듭하며 단단한 나무망치로 두드려 한 결, 한 결 뜯어낸 잉어살보푸라기. 보푸라기는 북어로만 만드는 게 아니었다. 민어도 가능하다. 그러나 잉어보푸라기는 드문 요리. 삼색으로 물들여 단장하니 북어보푸라기 이상이었다. 하르르 선율 같은 자태는 입에 닿기도 전에 녹을 것 같았고, 물고기껍질쌈 역시 오색 구성으로 옥침에 불을 질러댔다.

찹쌀가루를 살짝 입힌 껍질은 쫄깃한 식감이 복어껍질 이상이었다. 모든 요리는 각기 양국의 분위기를 흠뻑 담고 있었다. 소스 페인팅이 그랬고 오롯한 장식물들도 오성홍기와 태극 문양을 또렷이 부각시키고 있었다.

"......!"

어만두 하나를 입에 넣자 푸근한 진액이 밀려 나왔다. 숙주와 동과, 두부, 당근, 연근 등으로 만든 소였다. 생선 살의 포는 유려했으니, 안에 든 소는 보일 듯 보이지 않았고 겉에 묻은 녹말가루 역시 연근가루가 섞여 고소하기 그지없었다.

거기에 딸린 간장은 민규의 씨간장을 베이스로 만든 특제 소스. 그냥 먹어도 풍후한 풍미에 놀랄 판에 소스까지 찍으니 나오는 건 신음 소리뿐이었다.

'역시......'

사업가들과 한 테이블에 선 황징위도 쉴 새 없이 고개를 끄덕거렸다. 민규의 요리는 어느새 더 높은 경지에 도달해 있었던 것이다.

　어만두 하나에 보푸라기완자 하나, 그 후에 껍질쌈. 그게 아니면 그 반대. 어떻게 먹어도 젓가락은 멈추지 않았다. 세 번째 요리도 완전 완판이었다.

　"먹을 만해요?"

　마지막 어만두를 집어 든 영부인, 그제야 슬쩍 후밍위안에게 물었다.

　"뭐, 그럭저럭……."

　그렇게 말하던 후밍위안이 화들짝 놀라 손을 멈췄다. 그녀의 손, 무의식적으로 빈 접시로 향하고 있었던 것. 그녀는 얼른 젓가락을 놓았다. 영부인은 이번에도 엷은 미소만 지을 뿐 내색하지 않았다.

　이제 공관에는 말소리도 들리지 않았다. 모든 사람은 대화를 멈추고 한 가지만을 생각했다.

　'다음 요리?'

　이번에도 뜸을 들였다. 아까보다도 조금 길었다. 하지만 그 누구도 불평하지 않았다. 이런 요리라면 몇 시간을 기다려도 기꺼울 판이었다. 20분이 지나자 주방 쪽에서 사람이 나왔다. 민규였다.

　'셰프?'

사람들의 시선이 집중되었다. 요리는 그 뒤에 보였다. 접시가 굉장히 커서 네 사람이 쟁반을 받쳐 들고 있었다. 민규가 중앙의 테이블을 지정했다. 요리가 거기 놓였다.

초대형 접시.

두 개였다.

그러나 뚜껑이 덮여 무엇인지 알 수 없는 상황.

"으아, 이 냄새… 미치겠네."

여기저기서 옥침 넘어가는 소리가 들렸다. 대형 접시에서 새어 나오는 진한 풍미 때문이었다. 그 뚜껑을 민규가 잡았다.

개봉 직전!

이제는 후밍위안의 시선까지 거기 꽂혀서 움직이지 않고 있었다.

"즐거운 시간 되셨습니까?"

뚜껑을 잡은 민규가 좌중에게 물었다.

"헌 하오!"

"너무 좋았어요."

여기저기서 찬사가 튀어나왔다.

"고맙습니다. 이제 오늘의 메인요리가 나왔습니다."

"……."

"이 안에는 같은 요리가 들었습니다. 혹시 무엇인지 아시는 분이 계실까요?"

민규가 테이블을 돌아보았다.

"농어찜?"

"붕어탕?"

"도미찜?"

"잉어찜?"

"조기찜?"

여러 생각이 나왔다.

"방금 나온 말 중에 정답이 들어 있습니다. 하지만 천천히 생각해 보시면 금세 알 수 있습니다. 여러분은 이미 이 요리를 먹은 것과 다름이 없습니다."

"이미 먹었다고?"

몇 테이블에서 중국어가 웅성거렸다.

"맨 처음 나온 수프가 바로 이 물고기의 지느러미였고 어만두가 이 물고기의 살로 비늘을 빚은 것이었으며 보푸라기완자는 이 물고기의 근육, 껍질쌈 역시 이 물고기의 껍질이었습니다."

"……?"

"함께 나온 요리 또한 이 요리와 함께 중국의 새해 상징으로 쓰이는 식재료였는데… 이 정도면 아실까요?"

"잉어!"

가까운 곳의 여직원이 손을 들었다. 그러자 벼락같은 반응이 따라왔다.

"아, 그러고 보니……."

"맞아. 잉어 맛이었어. 조금씩 다르기는 해도……."

반응은 이제 확신에 가까웠다.

"맞습니다. 잉어입니다."

중국 관료들이 술렁거릴 때 민규가 마침내 뚜껑을 열었다.

"……!"

모든 시선이 그 요리의 위엄에 압도되었다.

궁중약선잉어찜!

접시 둘레를 채운 장식은 호박꽃이 재료였다. 황금빛 호박
꽃을 자르고 끼어 만들어놓은 형상. 다름 아닌 황룡이었다.
커다란 대형잉어를 품고 승천하는 듯한 생생함. 그 자태는 말
그대로 하나의 신성이자 존엄의 현신이었다.

잉어는 용이 된다. 그러나 폭포를 넘어야 한다. 민규가 요리
한 잉어는 거기 속했다. 막 폭포를 넘어 용이 되려는 잉어. 그
기원을 담아낸 요리였다.

"우!"

중국 관료들은 벌어진 입을 다물지 못했다. 풍미가 농후한
육수와 아찔한 고명 때문이 결코 아니었다. 하지만 그 감탄
또한 시작에 지나지 않았다.

"맞습니다. 지금까지 먹은 물고기 요리는 잉어였습니다. 그
러나 맛이 달랐던 것은 한국산 잉어와 중국산 잉어를 함께 썼
기 때문입니다. 여기 준비된 잉어도 한국산과 중국산 두 가지
입니다. 두 가지 잉어를 사용한 것은 오늘 이 자리가 한중의

뜻깊은 협력과 우호를 다지는 자리이기 때문입니다."

"……."

"한중의 우호와 협력을 위한 자리에 저를 초대해 주신 건 중국 대사님의 사모님인 후밍위안이시고, 저를 추천하신 건 대한민국 영부인님이십니다. 그 두 분을 모셔서 마지막 대미를 장식해 볼까 합니다."

돌연한 호명.

놀란 건 후밍위안 쪽이었다. 영부인을 띄울 줄 알았더니 자신을 먼저 챙겨준 것. 물론 민규의 속 깊은 계산이었다. 이 자리의 갑은 중국 관료들. 그렇기에 분위기를 맞춘 것이다.

두 귀빈이 테이블로 나왔다. 둘에게 작은 나이프를 건네주었다. 영부인은 중국 쪽 잉어를, 후밍위안은 한국 외교부 직원들을 위한 잉어요리의 배를 열었다.

사각!

부드러운 칼질과 함께…….

"와아아!"

배가 열렸다. 맹렬한 박수가 터져 나왔다. 누구라고 할 것 없이 테이블 쪽으로 몰려들었다. 두 잉어의 배에서 나온 알 때문이었다. 메추리알 크기의 알은 하나같이 선명한 황금알이었다.

초대형 잉어 배에서 쏟아져 나온 황금알…….

짝짝짝!

우레 같은 박수가 이어졌다.

"중국 고사를 보면 어전척소(魚傳尺素)라는 말이 있습니다. 이 황금알은 한중 양국의 화합과 번영에 보내는 저의 어전척소입니다."

민규의 카리스마가 다시 한번 작렬했다.

"와아아!"

낮은 환호는 속삭임처럼 멈추지 않았다.

황금알.

당연히 잉어의 알은 아니었다. 민규가 하나하나 빚어 입과 아가미를 통해 밀어 넣고 찜을 한 것. 신성함을 위해 잉어의 배를 열지 않았으니 그것만으로도 신기가 아닐 수 없었다.

하지만 그것만 신기인 건 아니었다.

"알에 이름이 있어요."

다시 여직원이 소리쳤다. 눈썰미 좋은 여직원이 중국 쪽 황금알에 쓰인 글자를 본 것이다. 이름이 맞았다. 민규가 체질에 맞춰 구성한 소였다. 그렇기에 이윤의 상지수 중첩포막법을 쓰면서 이름을 새겨둔 것. 잣알에 용을 새기는 민규였으니 어려울 것도 없었다.

"맞습니다. 이 만찬을 기념하기 위해 잉어알에 이름을 새겼습니다. 더불어 여러분 한 사람, 한 사람의 체질을 고려해 특별한 소를 썼으니 열이 있는 분은 열이 내리고 시력이 안 좋은 분은 눈이 개선될 것이며, 근육이 아픈 분은 근육이, 피부가 가려운 분은 소양증이 사라질 것입니다. 이 요리는 보기에만 좋은 게 아니라 병을 어루만지는 약선잉어찜이기 때문입니다."

"……!"

황금잉어찜.

황금알.

거기에 더해 약선.

중국 관료들은 숨조차 쉬지 못했다. 하나의 요리로 이렇게 많은 감동을 받는 건 처음이었다.

"그럼 알을 꺼내주신 두 분의 알을 먼저 올리겠습니다."

민규가 말하자 재희가 접시를 건네주었다. 영부인과 후밍위안의 이름을 먼저 찾아주었다. 다음으로 차관 부인과 중국 관료 국장들이었다.

"아아, 너무 아름다워서 차마 못 먹겠어요."

자기 이름의 황금알을 받아 든 여직원은 눈물까지 글썽거렸다.

찰칵찰칵!

핸드폰의 인증샷은 아까부터 쉴 새 없이 돌아갔다.

고민하는 선 우밍위안도 다르지 않았다. 그녀의 알은 두 개였다. 자기 이름이 선명했다.

'기막히긴 하지만……'

자존심이 울컥거렸다. 잉어 배 속에 욱여넣은 알치고는 황금빛이 기가 막혔다. 정말이지 잉어가 갓 낳은 듯 청명한 것. 하지만 셰프가 너무 오버하고 있었다. 의미를 붙이는 건 좋지만 이까짓 알이 만병통치약이라도 된단 말인가?

사실 후밍위안의 체질은 삼초형이었다. 그중에서도 상초와 하초에 애로가 있었다. 그러나 갱년기를 지난 여자라면 그 정도 애로는 있는 법. 미국과 중국의 명의들도 어쩌지 못한 세월의 병이 알 하나로 해결될 리 없었다.

바로 그때, 관료 한 명의 비명이 터졌다.

"명목(明目), 눈이 밝아졌어. 늘 뻑뻑하던 눈이 샘물처럼 시원해!"

또 다른 쪽에서도 비명이 이어졌다.

"저도 속이 편안해졌어요. 오랜 체증으로 답답하던 위장에 길이 뚫린 듯……."

두 사람이 신호였다. 여기저기서 찬사가 꼬리를 물었다.

"……!"

후밍위안의 시선이 황금알에 꽂혔다. 한 사람은 오버일 수도 있었다. 원래 음식 감수성이 예민한 사람이 있는 법. 호들갑을 떠는 성향도 있는 법. 하지만 한 사람이 아니니 머리가 복잡해졌다.

찬란한 20대에, 농염한 30대와 40대를 넘어와 더러 숨이 차고 가슴이 답답해진 나이. 더러는 밀어내기도 시원치 않은 하초. 어차피 받은 알, 체면상 버릴 수 있는 것도 아니니 입에 물었다.

'게임 오버!'

그걸 보고 있던 민규 입가에 미소가 피었다. 후밍위안의 황금알에 들어간 건 비자가 중심, 거기에 황기와 찐 연뿌리, 잘 익은 참외와 흑돼지곱창을 섞었다. 그걸 동상수와 지장수, 한천수에 재웠다가 소를 만들었다. 소의 재료들은 삼초병에 좋은 것들, 거기에 시너지를 이룰 초자연수를 더했으니 시간이 해결할 일이었다.

"······."

후밍위안은 일단 맛에 압도되었다. 비자 향은 향긋했다. 나아가 오묘하면서도 맛이 깊었다. 아몬드를 닮은 듯하면서 물리지도 않는다. 비자나무에 서린 영기(靈氣) 때문이었다.

'후우!'

참으려 했지만 맛깔을 뿜고 말았다. 입에 물 때까지는 참을 만했지만 입안에 번지는 맛은 공격적이었다.

"······."

이번에도 영부인은 내색하지 않았다.

황징위의 황금알은 민규가 골라주었다. 여분으로 만든 알이 있으니 피칭이 없었다.

그리고······.

마지막 경악으로 넘어갔다. 후밍위안과 중국 국장급들이 주인공이었다. 한 국장이 잉어의 살을 잡았다. 후밍위안을 챙겨

주려던 행동이었다.

"……!"

그러나 그는 잉어살을 집은 채 움직이지 못했다. 초대형잉어, 뼈가 없었다. 그러나 칼로 발라낸 흔적은 없는 상황. 그럼에도 잔가시 하나 남아 있지 않은 잉어요리. 뼈와 가시만 귀신처럼 제거하는 민규의 우레타공을 알 리 없는 그들이었으니 벌린 입은 오래 다물어지지 않았다.

국장의 경악은 다른 관료들에게도 급속 감염이 되었다. 보고 또 봐도 믿기지 않는 신기였다.

"이 셰프님."

황칭위도 혀를 내둘렀다. 몇 번을 집어도 보이지 않는 가시… 이건 중국의 절정 셰프들에게도 볼 수 없는 진기였다.

"대체 뼈를 어떻게?"

"외교 만찬장이잖습니까? 품위가 생명인 자리에서 잔가시가 나오면 뱉어내기 곤란하죠. 그래서 제가 수고를 좀 기울였어요."

"수고라고요? 이건 그냥 마법이잖습니까?"

"요리는 맛이 문제죠. 가시가 관건일 수는 없습니다."

"맛이야 두말하면 잔소리고… 내가 광둥과 상하이 등지에서 잉어찜을 먹어봤지만 이런 맛은 처음입니다."

"이 잉어는 유속이 빠른 강에서 낚시로 잡은 거거든요. 양어장이나 호수에서 살던 것, 그물로 잡은 것과는 육질이 다를 수밖에 없습니다."

"과연……."

황징위가 엄지를 세웠다. 그의 이마에는 식은땀까지 맺혀 있었다.

"친애하는 중국 관료 여러분……."

가시 문제는 외교 공관 책임자의 설명으로 나갔다. 그의 역할을 고려해 민규가 넘겨준 일이었다. 중국 관료들은 민규를 향해 박수를 보내왔다. 모두가 마음에서 우러난, 경이를 이룬 요리에 대한 찬사의 박수였다.

후식은 연란과 연꽃차로 장식했다. 연란은 율란처럼 만들었다. 연자를 쪄서 가루로 고물을 만들고, 꿀을 넣은 후 색을 입혀 세 모양으로 담아냈다. 초록과 빨강, 노랑 연란은 별과 태극 무늬 상하로 놓였다. 태극 무늬 사이에 별을 놓으니 한중의 우호를 바라는 소망이 오롯했다.

"고맙습니다."

연꽃차를 끝으로 민규가 인사를 했다.

"와아아!"

짝짝짝!

함성과 박수가 우레처럼 이어졌다. 영부인의 박수가 가장 오래 이어졌다. 그 옆의 후밍위안도 결국 박수에 동참했다. 황금알 때문이었다. 요리 때문이라고 생각하지는 않았지만 그녀의 컨디션이 좋아진 것이다.

"우리 이 셰프 어때요?"

그제야 영부인의 질문이 나왔다.

"괜찮네요."

대답하는 후밍위안의 속이 쓰렸다. 하지만 인정하지 않을 수 없었다. 만찬에 참석한 중국 관료들이 저마다 약선요리의 맛과 효과를 극찬하는 까닭이었다.

"그만하면 기본은 된 것 같으니 이번에 내한할 우리 셰프에게 타진해 보기로 하겠습니다."

후밍위안은 굳은 얼굴로 만찬장을 떠났다.

"아하하핫!"

복도 뒤에서 영부인의 웃음소리가 높아졌다. 웃음은 오랫동안 이어졌다. 마침내 후밍위안에게 유쾌한 한 방을 먹인 것이다.

"셰프님."

영부인이 민규에게 다가왔다.

"최고였어요."

그녀가 엄지를 세워 보였다. 입은 귀밑에 걸려 내려오지 않았다.

"별말씀을……."

"후밍위안 얼굴 보셨어요? 지상에 중국요리밖에 없는 줄 알더니 이제야 한풀이 꺾이네요. 내가 이 순간을 얼마나 기다렸는지 모릅니다."

"결과가 좋다니 다행입니다."

"황금잉어알… 환상이었어요. 그동안 다른 셰프들도 잉어찜을 만들기는 했지만 이런 감동은 없었거든요."

"예……."

"게다가 한 알, 한 알 먹을 사람의 이름이라니… 약선의 의미도 좋았지만 그 성의를 누가 무시할 수 있겠어요?"

"……."

"외교부 관계자들도 굉장히 고무되어 있어요. 저들 책임자들이 요리에 흠뻑 빠지는 바람에 남은 일정에 청신호가 켜진 것 같답니다."

"네."

"이제야 외교관에게 한국 요리의 진수를 보여주게 되었네요. 오늘 연회 비용은 넉넉하게 책정될 거예요. 돈이 중요한 건 아니지만 앞으로도 잘 부탁합니다."

"최선을 다하겠습니다."

인사와 함께 영부인이 떠났다. 외교부 관계자들도 한결같이 고마움을 표해왔다. 만찬 준비 비용과 출장비는 종규가 챙겼다. 그사이에 민규는 황징위 앞에서 장리린과 화상통화를 했다.

"까악, 셰프!"

대령숙수 복장을 본 리린이 자지러졌다.

"한나, 이리 와봐. 여기 누가 나오나 보렴."

그녀가 소리쳤다. 그러자 화면 안으로 어린 천사가 들어왔다.

"셰프님!"

쪽!

한나의 키스가 화면에 작렬했다. 그녀의 얼굴은 생기탱천이었다. 그다음에 보인 화면이 또 죽음이었다.

"저 어때요?"

"……"

민규 얼굴이 화끈 달아올랐다. 장리린이 비키니로 갈아입고 서핑보드를 든 채 S자 포즈를 취한 것. 탄탄한 몸매에 근육질. 건강미가 넘치는 모습은 마치 모델의 현장 스틸컷처럼 보였다.

"이제 거의 완벽하군요?"

민규가 웃었다.

"맞아요. 거의 완벽해요. 제가 건강할 때의 모습에 98% 근접이거든요."

장리린은 한나를 안은 채 또 자지러졌다.

까르르, 까르르!

한나가 옆에서 웃었다. 민규 옆의 황징위도 좋아 죽을 지경이다. 무엇 하나 아쉬울 것 없는 남자 황징위. 그의 숙원이었던 아내와 딸이 건강해진 것이다.

"신맛과 매운맛, 아직 멀리하고 있죠?"

"네. 이젠 쓴맛, 단맛, 향내 나는 맛이 일상화되었어요."

"이제부터는 신맛, 매운맛도 조금씩 같이 드세요. 다만 그 맛들이 쓴맛, 단맛, 향내 나는 맛을 넘어서는 안 됩니다."

"알겠어요. 셰프님 말이라면 무조건 OK예요."

모녀에게 작별을 했다. 황징위는 그때까지도 환한 미소 속에서 허우적거리고 있었다.

"세상 진짜 좁네요. 여기서 이 셰프님을 만나다니… 하긴 우리 중국 방문단 입장에서는 최고의 행운 같습니다만."

"그런가요?"

"한국 외교부 쪽 일도 하고 있는 겁니까?"

"그건 아니고요 중국 대사님 부인이신 후밍위안께서 하도 한국 요리가 입에 안 맞는다고 하신다기에……"

"그래서 한 방 먹이러 오셨군요?"

눈치 빠른 황징위가 핵심을 찔러왔다.

"그런 건 아니지만 한국 요리가 폄훼되는 건 저도 원치 않기에……"

"이해하세요. 후밍위안은 중국요리에 자부심이 너무 강해서 그래요. 중국에서도 아주 유명한데 그녀 자신이 미식가 취향이기도 하지만 그 가문이 대대로 좋은 요리사를 부렸거든요. 그러니 요리에 대해 아는 게 많죠."

"후밍위안에 대해 잘 아시는군요?"

"영사나 공사 부인 때부터 가는 나라마다 중국요리 메신저

역할을 하거든요. 파리에서도 런던에서도, 심지어는 저 케냐에서도… 좀 극성이고 편향적이기는 하지만 요리에 대한 애정은 누구에게도 뒤지지 않는 사람입니다."

"아, 예."

"그런데 한국에서는 기를 좀 못 펼 듯하군요. 하필이면 이 셰프를 만났으니……."

"별말씀을……."

"아니에요. 언제 기회가 되면 넌지시 언질을 해야겠네요. 이 셰프는 넘보지 마라. 함부로 건드리면 큰일 난다."

"아유, 아닙니다. 그렇게까지야……."

"아무튼 일이 이렇게 되고 보니 셰프님 테이블에 한번 앉았다가 가고 싶네요. 혹시 기회가 될까요? 내일 하문으로 가야 하는데 그냥은 못 갈 것 같습니다."

"언제 출국하시는데요?"

"오후 7시 반입니다."

"잠깐만요."

민규가 종규를 불러 예약 체크를 했다. 오후 2시에 끝나는 점심 예약들. 거기에 이어 붙이면 여정을 바꾸지 않아도 가능할 것 같았다.

"그냥 여정대로 두시고 오후 2시에 오세요. 자리 하나 만들어보겠습니다."

"정말입니까?"

황징위가 아이처럼 좋아했다.

"사업가는 시간이 돈이라던데 일정을 미루게 할 수는 없지요. 게다가 제게는 친구와 다름없는 분이니……."

"그 말이 더 감동이군요. 제게는 은인이신데 친구로 대해주다니……."

"특별히 원하는 건요?"

"없습니다만, 오늘 같은 잉어찜이면 좋겠군요. 같이 들어갈 친척 어른이 계신데 잉어찜 마니아입니다. 이름난 잉어찜이라면 지구 끝까지도 찾아가는 분이니 점수 좀 따고 싶네요."

"물론이죠."

민규가 답했다. 황징위는 민규 손을 뜨겁게 잡아주고는 중국 국장과 함께 차에 올랐다.

"형."

그 뒤로 종규가 차를 댔다. 쟁쟁한 세단들에 이어지는 식재료 전용 탑차.

하지만 하나도 부끄럽지 않았다.

저 세단을 타고 가는 사람 모두를 만족시킨 식재료를 싣고 온 차였다.

그렇기에 민규의 일부이자 자부심이기도 했다.

"형!"

종규가 출장비 봉투를 흔들었다.

표정을 보니 생각보다 많이 든 모양이었다.

"얼만지 안 궁금해?"

"별로, 나는 이미 충분히 보상받았거든."

"봉투 따로 받은 거 있어?"

종규가 물었다.

"못 봤냐? 중국 관료들하고 영부인께서 행복해하는 표정. 셰프에게 그것보다 좋은 보상이 어디 있겠냐?"

"으억, 괴물. 형은 진짜 셰프 팔자라니까. 전에는 나름 속물이었는데……."

"짜샤, 그건 너 먹여 살리느라 그랬지."

"에헷, 그런가?"

"얼마냐?"

민규가 슬쩍 기분을 맞춰주었다.

"그렇지? 그래도 궁금하지?"

"응."

"1억!"

"……?"

"진짜 1억이야. 동그라미가 일곱 개인 줄 알았는데 여덟 개 더라고."

종규 목소리가 높아졌다.

"짜식, 꼴랑 1억에 놀라기는……."

"그럼 형은 얼마를 바랐는데?"

"한 10억? 차액 9억은 자부심값으로 하자."

"억!"

배짱에 놀란 종규가 신음 소리를 냈다.

자부심값으로 9억. 다시 들어도 멋진 말이었다.

3. 핵심은 물

실패.

실패.

"실패!"

종규 목소리에 깊은 좌절이 섞여 나왔다. 잉어찜 때문이었
다. 가게로 돌아오기 무섭게 종규는 잉어찜 실습에 돌입했다.
마침 사망하신 잉어 커플이 나온 것이다.

잉어 하나로 민규가 만든 요리 재현에 도전하지만 만만치
않았다. 그래도 지느러미 수프와 어만두까지는 대략 모양을
냈다. 문제는 잉어 배 속에 황금알 박기. 민규처럼 금박을 씌
울 재주는 없으므로 니금을 썼다. 니금은 아교로 개어 만든

금박가루. 그걸 바른 완자를 집어넣었다. 밀어 넣는 족족 형태가 뭉개져 버렸다. 크기를 작게 하면 가능하지만 민규가 보여준 크기는 어림도 없었던 것.

"아, 좌절 모드 강림."

종규가 의자에 털썩 주저앉았다. 재희와 황 할머니가 돌아간 초빛. 내일의 예약 식재료를 확인하던 민규가 돌아보며 웃었다.

"아, 씨… 왜 웃어? 형은 뭐 처음부터 잘했어?"

종규가 발끈했다.

"왜 나한테 앵그리?"

"약 오르니까 그러지. 형은 뭐든 기가 막히게 해내는데……"

"연습!"

"연습해도 안 되니까 그렇지."

"그럼 머리를 써야지. 잉어 목에 깔때기를 꽂고 넣어봐라."

"으악, 그런 방법이 있었네?"

종규가 깔때기를 찾았다. 소 크기보다 조금 큰 걸 찾아 시도하니 아까보다 나았다.

"깔때기를 조금씩 빼면서 넣어야 해. 아니면 잘 들어가서 안에서 터진다."

"오케이!"

"내친김에 내일 잉어찜 예약도 우리 부셰프가?"

"못 할 줄 알아? 밤을 새워서라도 연습해서……."

"……?"

"만들고 싶지만 나 내일 잠깐 외출해야 해."

"친구 만나냐?"

"안 돼?"

"알아서 다녀와라. 세상의 천재들이 죽어도 지구는 돌아가거든."

"미안 앤드 땡큐."

종규가 웃었다.

뭘 하러 가는 걸까? 늘 바쁜 가게지만 묻지 않았다. 종규 정도면 착한 동생. 휴일이 아닌 날이라고 사생활이 없을 수는 없었다.

"우핫, 미식가분이 오세요?"

다음 날 아침, 죽을 포장하던 재희가 민규를 돌아보았다. 주방에 걸어둔 메모장을 본 것이다.

"어? 그렇게 됐어."

"이분은 어느 정도 레벨이세요? 이규태 박사님? 아니면 박병선 박사님? 아니면 아이즈먼이나 루이스 번하드 수준?"

"미식가 공부도 하고 있구나?"

"그냥 궁금해서 봤어요. 요즘 고메이, 즉 미식가를 자처하는 사람들이 굉장히 많잖아요."

"나만의 맛집 전도사들?"

"부정적인 측면도 많지만 긍정적인 측면도 많다던데요? 어쨌든 셰프들은 요리에 관심 있는 사람들이 많아지면 좋잖아요."

"글쎄, 잘 모르면서 나대는 것만큼 위험한 것도 없지."

"외국도 마찬가지래요. 제가 영어 사이트에 들어가 봤더니 여러 레벨의 미식가 자처 유저들이 있더라고요. 자기가 먹은 걸 알리고 싶어서 조바심이 난 사람들, 레시피와 요리 역사를 파헤치는 사람들, 유명한 요리를 직접 시연해 보는 사람들, 사이트나 블로그에서 미식 이론 논쟁을 벌이며 자신의 존재를 과시하는 사람들……"

"그렇다면 오늘 오는 황징위는 초월자야. 적어도 전에 왔던 아이즈면 바로 아래는 되니까."

"아, 절대고수급이군요."

"혹시 재희 너도 어제 집에 가서 잉어찜 연습했니?"

"예?"

민규 질문에 재희가 발딱 고개를 들었다. 해본 모양이었다.

"해봤구나?"

"……"

"종규도 어제 밤새워서 잉어찜 연습했다. 덕분에 아침 식사는 잉어죽… 요리 망친 거 다 수습해서 황기를 넣어 죽을 쑤어냈거든."

"어억!"

재희 입에서 신음 소리가 들렸다.

"너도 죽?"

끄덕!

재희가 고개를 끄덕였다. 민규가 웃었다.

"그래서 피곤하지?"

끄덕.

"그럼 피로를 풀어야지. 여기 봐라 주먹을 쥐면 엄지 손바닥에 불룩한 부분. 이게 바로 잉어의 배다."

"예? 이게 뭐 어째서요?"

"이 혈자리를 어제혈이라고 부르는데, 물고기의 배부분이거든. 이쑤시개나 젓가락 등으로 콕콕 자극하면 호흡이 편해지고 피로가 풀려. 해봐."

"이렇게요?"

재희가 몇 번을 따라 했다.

"어머, 진짜 호흡이 한결 편해요."

"그렇지? 그러니까 이제부터 어려운 물고기 요리를 할 때는 어제혈부터 콕콕 주물러서 심기일전한 다음에. 알았어?"

"네, 셰프님."

재희가 웃었다.

뭔가를 배울 때는 비슷한 일들이 일어난다. 알고 물은 건 아니지만 유사한 과정을 가고 있는 재희와 종규. 보기에 좋았다.

아침 죽 전쟁의 말미는 양경조와 병조 형제였다. 오늘은 구현지 이사를 동행했다. 구 이사가 샘플 약선죽을 꺼내놓았다. 특별한 보온 통에서 나온 샘플 죽은 특별한 용기에 담겨 있었다. 흔한 사발 형태가 아니라 음료수병 스타일. 그러나 병은 육각 무늬를 입고 있었다.

"빨대를 꽂아도 되고 들고 마실 수도 있습니다. 그릇에 부어 먹을 수도 있지요. 노령화 시대의 요양원 환자들, 아침 시간이 바쁜 직장인들이 출퇴근 시간에 운전하면서도 마실 수 있게 만들었습니다. 전통과 미래를 연결한 혁신 용기죠."

양병조가 설명했다. 긴 실험 끝에 얻은 최상의 맛 보존이라고 했다. 차게 먹을 수도, 데워 먹을 수도 있었다. 맛의 편차도 심하지 않다는 설명이었다.

샘플 죽은 뜨거운 스타일. 아직도 김이 나고 있었다. 민규네 초빛 가족들이 시식을 했다.

"어때요?"

양경조가 물었다.

"은은한 맛에 깊은 맛이 향상되었군요. 많이 진전한 것 같습니다."

"뭘 더 보충해야 할까요?"

양경조가 다가앉았다. 그는 이런 사람이었다. 민규의 OK를 강요하는 게 아니라 어떻게 하면 OK에 가까워질 수 있는지 묻는 쪽이었다.

"물은 어떻게 되고 있습니까?"

"분석표에 따라 자연 성분이 강화된 원수를 찾고 있습니다. 몇 군데 수원이 나왔는데 그 물이 적용되면 조금 더 개선되리라 생각합니다."

"그렇다면 출시하셔도 될 것 같습니다."

"와우!"

듣고 있던 양병조가 쾌재를 불렀다. 마침내 민규 입에서 OK에 가까운 말이 떨어진 것이다.

"그럼 바로 광고에 들어가야 합니다. 그러자면 셰프님 약선 죽 요리 CF 촬영이 필요한데……."

구 이사가 실무 의견을 개진했다.

"어떻게 할까요? 스튜디오를 만들어서 해도 좋고, 여기 주방에서 자연스럽게 하셔도 좋습니다. 최대한 셰프님 시간을 줄여 드리겠습니다."

양경조가 의견 조율에 나섰다.

"CF 찍을 주제는 아니니… 그냥 간단한 사진 몇 장 찍어서 사용하시는 게 어떨지……."

"그것도 상관없습니다. 다만 상품으로 나가는 죽에 대한 요리 시범은 보여주셨으면 합니다. 보글보글 끓어오르는 죽과 그걸 갓 담아냈을 때의 감미로운 풍미… 셰프님 요리에는

우리 민족의 정서가 서린 부뚜막의 푸근함 같은 게 있거든
요."

"그건 협조하겠습니다."

"그리고… 해외 진출 문제인데 지금 일본과 중국 쪽에 다각
도로 다리를 놓고 있습니다. 일본은 어느 정도 성사 단계인데
중국은 조금 더딥니다. 둥방삐이, 쏜펑하이, 시나푸드 등이 타
깃인데 요즘 중국이 한국 기업에 살짝 배타적이라서 그런지
다들 팅기고 있네요. 하지만 머잖아 대륙에도 합작이든 위탁
판매든 직접 진출이든, 좋은 조건으로 성과를 내겠습니다."

"회장님 의욕이 하늘을 찌르는군요."

"하핫, 알아주니 고맙습니다. 그럼 이제 편안하게 죽 좀 즐
겨볼까요?"

양경조 형제가 긴장을 풀었다. 그들의 주문은 여전히 새팥
죽. 두 사람은 새팥죽 마니아가 된 지 오래였다.

끼익!

그들이 떠나자 잉어찜 준비를 시작했다. 그때 퀵 오토바이
가 들어섰다. 한방약업사 황창동 사장이 보낸 약선 약재였다.
재희가 풀어 약재 몇 가지를 추려놓았다.

─숙지황, 갈근, 당귀, 천궁, 감초, 백태.

잉어탕에 들어가는 한약재였다. 그새 잊지 않고 공부를 마
친 모양이었다.

"숙지황은 왜 넣는지 알아?"

"간장병, 당뇨병, 고혈압 등에 좋아서요. 전립선 비대증에도 좋아요."

"갈근은?"

"해열, 숙취 해독, 근육의 긴장 완화예요."

"당귀는?"

"어혈을 풀어주고 피를 맑게 하지요. 협심증과 중풍에도 좋아요."

재희는 막힘이 없었다. 요리의 열정이 어느 정도인지 알 것 같았다.

연꽃 위의 잠자리가 날아오를 때 기다리던 세단 한 대가 들어왔다. 황징위였다. 함께 내린 사람은 60대 후반의 중국인 사업가 쑨차오였다.

"쑨 부회장님이라고 중국에서도 손꼽히는 쑨펑하이의 경영을 맡고 계신데 제가 멘토로 삼는 분이십니다, 셰프."

황징위가 사업가를 소개했다.

"쑨차오라고 하오. 우리 본토 셰프들이 울고 갈 정도로 잉어탕을 잘하는 분이 있다 해서 들렀소이다. 마침 중국어도 좀 하신다고……."

쑨차오가 손을 내밀었다. 언어는 중국어였다. 맞인사를 하려고 고개를 숙이던 민규, 거기서 시선이 멈췄다.

"……?"

시선의 표적은 사업가의 복부였다. 혼탁이 무럭무럭 피어오르고 있었다.

"셰프."

황징위가 주의를 환기시켰다. 그래도 민규의 시선은 움직이
지 않았다.

혼탁.

그 기세가 커지고 있었다. 마치 방금 불을 붙인 것 같았다.
혼탁의 중심은 하복부.

장폴립?

맹장?

장중첩?

단어를 더듬던 민규가 화들짝 고개를 들었다.

"왜 그러십니까? 셰프."

영문을 모르는 황징위가 물었다.

"이분… 당장 병원으로 가셔야겠습니다."

민규가 입을 열었다.

"병원?"

쑨차오가 황징위를 바라보았다. 웬 헛소리냐는 눈빛이었다.

"배가 아프시지 않습니까? 이 부분……."

민규가 하복부를 가리켰다.

"난 또 뭐라고… 조금 안 좋긴 합니다. 내가 원래 장이 좀
그래요. 그 때문에 개복수술을 한 적도 있거든요."

쑨차오가 답했다.

"아닙니다. 지금은 다릅니다. 그러니 일단 병원으로……."

"이봐요. 내 몸은 내가… 윽!"

목소리를 높이던 쑨차오가 배를 잡고 움츠렸다.

"부회장님!"

황징위가 달려들었다.

"재희야, 119 불러라. 어서."

"셰프님."

"빨리!"

민규가 다그치자 재희가 전화를 눌렀다.

띠뽀띠뽀!

119가 달려왔을 때 쑨차오는 완전히 늘어져 있었다. 황징위
는 뭐라 대꾸할 여유도 없이 119에 동승해 갔다.

황징위가 다시 돌아왔을 때는 저녁 시간이었다.

"하문으로 가신다더니?"

민규가 물었다. 그의 일정상 인천공항으로 갔어야 할 시간.
그런데 그 차에서 쑨차오도 뒤따라 내렸다.

"……."

민규의 시선이 그의 하복부에 꽂혔다. 사나운 혼탁은 다행
이 흔적만 남아 있었다.

"셰프……."

쑨차오가 다가왔다.

"……."

"덕분에 위기를 면했습니다."

"복부는요?"

"장중첩이었습니다. 아주 많이 꼬이지는 않아 에어 처방으로 잘 넘겼습니다."

"다행이군요."

"행운이죠. 원래 아까 그 시간이면 복건성 하문으로 날아갈 타임이었는데 황 사장이 잉어찜으로 유혹하는 통에 미뤘거든요. 시간을 계산해 보니 비행기 안에서 낭패를 볼 뻔했습니다."

"사장님은……."

민규의 시선이 황징위에게 건너갔다.

"부회장님만 두고 갈 수가 있어야죠. 게다가 잉어찜을 꿈꾸며 셰프님 가게까지 왔던 일이라 그냥 가면 두고두고 후회가 될 것 같아 하루 연기를 했습니다. 부회장님 안정도 필요하고 해서요. 그래서 다시 여기로……."

"사장님……."

"다른 사람은 몰라도 나는 압니다. 최소한 부회장님이 그 병원에 누워 있는 것보다는 당신의 요리를 먹는 게 더 빠른 회복을 가져온다는 거."

"황 사장에게 다 들었어요. 셰프께서 황 사장의 두 보물의 골치 아픈 병을 말쑥하게 고쳐주었다는 것 말입니다."

쑨차오가 가세했다.

"제가 뭐 없는 말 했습니까?"

황징위가 쐐기를 박았다.

"별수 없군요. 두 번이나 오신 셈이니 일단 들어가시죠."

민규가 내실을 가리켰다.

"잉어찜 냄새가 남아 있군요. 잔향으로 보아 우리 잉어찜은 아니었던 것 같고……."

테이블에 앉은 쑨차오가 후각 안테나를 세우며 말했다. 종규가 연습한 잉어찜 냄새를 맡아낸 것. 추측이 아니라면 동물적인 후각이었다.

일단 초자연수 3종 세트부터 내주었다. 쑨차오는 병원행을 생각해 열을 내리는 동상수와 경락을 여는 열탕, 음양의 조화를 이루는 생숙탕을 세팅했다.

한 모금, 한 모금 음미하던 쑨차오가 신중하게 고개를 들었다.

"셰프."

"예."

"이거 약수로군요?"

"그렇습니다. 몸이 좀 편안해지실 겁니다."

"과연… 그런데 혹시 다른 약수도 있으십니까?"

"있기야 합니다만……."

"미안하지만 다 맛볼 수 있을까요? 비용은 정당하게 치르겠습니다."

"비용의 문제가 아니라 체질에 맞지 않습니다. 게다가 일부는 몸에 해로운 물도 있지요."

"해로운 건 빼더라도 좀 부탁합니다."

쑨차오가 고개를 조아렸다. 급작스러운 장중첩으로 기력이 내려앉아 퀭해진 눈매였지만 진솔한 빛은 감춰지지 않았다.

"이유가 있습니까? 제가 만드는 약수는 병원의 약과 같아 함부로 내드릴 수 없습니다."

민규가 선을 그었다. 돈이 문제가 아니었다.

"그렇다면 결국 가족사를 말씀드려야겠군요."

'가족사?'

쑨차오가 통역 앱을 켰다. 민규의 중국어가 능통한 정도는 아니라는 걸 안 것이다. 황징위는 가만히 보고만 있었다.

"실은 우리 부친께서 잉어 예찬론자시라오. 물론 사연이 있어요. 젊은 날, 이유를 알 수 없는 병으로 나날이 병약해지는 통에 신세를 비관해 황하 강줄기에 투신했다고 합니다. 그때 작은 포구의 어부가 잉어 물질을 하다가 그물에 딸려 나온 아버지를 구해주셨는데 그 어부의 집에서 해준 잉어탕을 먹고 병이 나았습니다. 이후 사업을 벌여 큰 성공을 하고 어부를 찾아갔는데 어부의 집은 수해를 만나 온데간데없이 사라지고 무성한 대나무 숲만 남았다고 합니다."

중국어가 한국어로 통역되어 나왔다.

"수소문을 했으나 알 길이 없었답니다. 발길을 돌린 아버지는 열심히 사는 게 그분에 대한 예의라고 생각하여 큰돈을 모았고, 지금은 중국에서도 알아주는 기업으로 키우셨습니다. 매년 가난한 어부의 아들딸 100명을 선발해 장학금을 대주면서 말입니다. 이후 여섯 자식을 낳아 자신이 세운 기업을 맡겨놓았지요."

"⋯⋯."

"그런데 부친께서 십여 년 전부터 다시 병약해지시며 자리에 눕게 되었는데 그 병세가 이십 대 때와 같아 베이징과 상하이, 광둥의 큰 병원을 찾아다녀도 뾰족한 처방이 나오지 않아 의사결정조차 어려워졌고⋯ 그사이에 아버지의 올곧은 경영에 서운한 감정이 있던 일부 형제들이 회사 경영을 멋대로 하면서 회사가 광풍에 휩싸이게 되었습니다."

"⋯⋯."

"회사를 위해서도 아버지의 교통정리가 필요한데 이분이 병상에서 회복될 길이 없다 보니 형제 간의 감정은 점점 더 골이 깊어지고⋯⋯."

"⋯⋯."

"그러다 지난 춘절에 정신이 잠시 맑아지시며 잉어탕 말씀을 하셨습니다. 옛날에 먹었던 그 잉어탕을 한 그릇만 먹으면 기운을 회복할 것 같다고⋯⋯."

"⋯⋯."

"그때부터 바로 아래의 동생과 제가 잉어탕을 찾아다니고 있습니다. 중국은 물론이고 홍콩, 베트남, 일본, 미얀마와 캄보디아까지 갔었습니다."

"……."

"중국 잉어탕의 양대 명인으로 불리는 하오펑에 왕이밍을 만났고 중국 전통요리의 전설 쩌우정을 초빙해 다섯 가지 잉어찜을 만들었습니다. 그 잉어탕들은 용왕의 연회에 올라가도 될 정도로 화려했지만 부친은 반응이 없었고… 한국에서도 몇몇 강변 도시에 명물잉어탕이 있다고 해서 가보았습니다만 번번이 허탕이라 이제 대략 포기하고 있었는데……."

"하지만……."

듣고 있던 민규가 나지막한 운을 떼고 나왔다.

"부친께서 찾는 잉어탕이 뭔지 어찌 아시고?"

"다행히 맛을 본 적이 있습니다. 우리가 어릴 때 잉어탕을 자주 먹으려 다니셨는데 어느 대나무 마을의 강변 식당에서 그런 말을 했거든요. 이 맛이 거의 그때 그 맛이라고……."

"그럼 그 집을 찾아가심이……."

"애석하게도 그 집 주인도 나이가 많아 오래전에……."

"……."

"다행히 내가 약간의 미식인지라 그 맛을 어렴풋이 기억하고 있습니다. 그러다 당신의 약수를 맛보니 그런 생각이 나더군요. 아버지가 찾는 그 잉어찜, 어째서 중국의 요리 명인들이 재현하지 못할까? 그러니 어쩌면 물이 포인트가 아닐까?"

'물?'

"그럴 수 있지 않습니까? 한국도 중국도 전처럼 맑은 물이 없지요. 산업화의 대가로 공해에 찌들게 되었으니……."

"그건 맞습니다."

"하지만 셰프 물은 달랐습니다. 내가 어릴 때 아버지를 따라다니다 마셔보았던 천하 명수 약수의 느낌이 났습니다. 세 약수 중의 하나가 생숙탕이었지요?"

"……?"

민규의 등골에 오싹 한기가 들어왔다. 쑨차오 이 사람, 후각뿐 아니라 미각도 굉장한 수준이었다.

"내 생각이 어떻습니까? 당신이 많은 약수를 다룬다면 어쩌면 부친이 찾는 잉어탕을 구현할 수도… 더구나 우리 황 사장 말에 의하면 당신은 사람의 체질까지 맞춰줄 수 있다면서요? 물과 요리사의 능력에 체질 고려. 이 셋이 합쳐지면 부친께서 학수고대하는 잉어찜이 나오지 않을까 싶습니다만?"

"부친 사진을 좀 볼 수 있을까요?"

민규가 청했다. 쑨차오는 바로 사진을 꺼내놓았다.

"……!"

사진을 본 민규가 낮은 날숨을 쉬었다. 체질은 알 수 있었다. 하지만 젊은 날의 그가 먹은 잉어탕이 어떤 것인지까지는 알 길이 없었다.

"난해하군요. 체질은 알겠는데… 아무튼 그런 이유라면 물맛을 보여 드리겠습니다."

사진으로 해결이 안 되니 물잔을 가져왔다. 갈래가 아주 달라 보이는 것을 빼도 20여 가지가 되었다. 테스트용이므로 양은 적었다. 주방에서 소환한 초자연의 신성수들. 그 효력을 아는 황징위는 촉각을 세운 채 주목하고 있었다.

마비탕을 주고 정화수를 건네고, 납설수에 방제수를 주었다. 춘우수와 옥정수도 빠지지 않았다.

"⋯⋯!"

쑨차오, 이런저런 감탄을 자아내더니 옥정수에서 숨을 멈췄다.

"그 물입니까?"

황징위가 물었다.

"조금은 그런 것도 같네만⋯⋯."

"그럼 이 물을 드셔보시죠."

이번에는 매우수가 건너갔다. 이번에도 신중하지만 확신은 아니었다.

"지상에 존재하는 약수는 거의 다 나왔습니다만⋯⋯."

"허어."

쑨차오의 눈빛이 어두워졌다. 약수에 걸었던 희망이 허망하게 내려앉은 것. 한숨에 젖은 그의 목소리가 이어졌다.

"낭패로다. 옛날이야기라면 대나무 숲에 들어가 바람에 실려 오는 소문이라도 들어보련만."

'대나무 숲?'

물잔을 챙기던 민규가 파뜩 고개를 들었다. 쑨차오의 말이 생각난 것이다.

"혹시 아까 말씀하시길, 부친을 구해준 어부의 집은 간데없고 무성한 대나무 숲만 남았다고 했었죠?"

"예."

"어릴 때 들린 식당도 대나무 마을?"

"예."

"잠깐만요."

민규가 주방으로 뛰어갔다. 단숨에 소환한 건 상지수, 즉 반천하수였다. 이 물은 아직 내주지 않았었다. 설마하니 상지수를 썼을 리 없다는 생각이었다. 하지만 대나무 밭이라니 짚이는 게 있었다.

"억!"

상지수 물을 받아 든 쑨차오. 첫 모금을 마시더니 바로 물잔을 떨어뜨리고 말았다.

"부회장님!"

황징위가 부르지만 쑨차오는 기울어진 물잔을 집어 들고 안에 남은 상지수를 미친 듯이 빨아댔다.

"부회장님."

"쉿!"

쑨차오가 황징위의 폭주를 막았다. 그는 입안에 남은 상지수의 물맛을 필사적으로 음미했다. 그러더니 다시 빈 잔을 떨구고 말았다.

"이 물입니다. 이 물이 가장 비슷해요!"

상지수.

쑨차오의 선택.

그의 목소리는 미친 듯이 떨리고 있었다.

상지수.

민규의 추측이 맞은 모양이었다. 황하의 어부, 그의 일화에 나오는 대나무 숲. 그리고 아버지와 함께 갔던 식당의 대나무 숲. 어부는 죽어가는 청년을 살리기 위해 고전의 비방을 썼다. 편작의 물로 불리는 상지수였다. 이른 새벽, 대나무 잎이나 잘린 대나무 통 안에 고여 있는 물을 받았다. 세상에서 가장 순수한 물. 아직 땅에 닿지 않은 하늘의 물 상지수였다.

그는 진정한 귀인이었다. 그게 아니라면, 하늘의 뜻이었다. 민규가 보니 쑨차오의 부친은 金형 체질에 가까웠다. 그러나 온몸의 경락을 따라 혼탁이 시내를 이루었다. 기혈이 온갖 교차점에서 막힌 것이다. 그렇기에 대나무의 기운이 어린 상지수가 명약이 될 수 있었다. 속이 시원하게 뚫린 대나무가 쑨차오 부친의 경락을 쾌속으로 뚫어버린 것이다. 덕분에 그는 살 수 있었고 건강을 회복할 수 있었다.

자식들과 만찬을 즐긴 식당도 그랬을 것이다. 거기도 대나무 숲이 있었다. 그 숲의 주인도 상지수의 비범함을 알았다. 상지수는 편작과 함께 유명해진 물이니 중국인이라면 알 수도 있었다. 그러나 그 상지수는 어부의 그것과 달랐다.

어부의 잉어찜은 애당초 상지수에서 출발했을 것이다. 그만큼 부친의 상태가 풍전등화였다. 그러나 식당 주인의 상지수는 '비법'으로서의 상지수. 사람을 위해 파는 요리였으니 어부처럼 상지수만으로 요리를 할 수 없었을 게 분명했다.

"과연!"

민규의 설명을 들은 쑨차오가 무릎을 쳤다.

"셰프의 말에 일리가 있습니다. 과연 그랬을 것 같습니다."

"저도 격한 공감이 가는군요."

황징위도 민규 쪽이었다.

"셰프……"

쑨차오의 시선은 민규에게서 떨어지지 않았다.

부탁합니다.

부탁합니다.

그의 눈은 쉴 새 없이 말하고 있었다.

주방으로 돌아왔다. 식재료 창고에서 3등급 쇠고기를 찾아들었다. 마블링이 없는 게 필요했다. 건해삼과 홍합도 집어 들었다. 건해삼부터 벽해수 소환물에 입수, 쇠고기 역시 지장수에 넣어 핏물을 뺐다.

쇠고기, 해삼, 홍합.

삼합미음의 재료였다.

번잡한 마음을 정리하기 위해 레시피를 떠올렸다.

1) 찹쌀을 불린다.

2) 잘 불린 해삼의 검은 껍질을 칼로 벗겨낸다.

3) 쇠고기를 물에 담가 핏물을 뺀다.

4) 홍합은 소금물에 씻은 후 털을 제거한다.

5) 솥에 2), 3), 4)을 넣고 물을 붓고 약한 불에서 40~50분 정도 푹 끓인다.

6) 5)에 불린 찹쌀을 넣고 약한 불에서 끓인다.

7) 끓기 시작하면 나무 주걱으로 바닥을 저어가며 밥알이 푹 퍼지도록 끓인다.

8) 밥알이 퍼지면 체에 받치고, 모인 미음을 그릇에 담아 간장과 함께 낸다.

손질이 끝난 재료를 들고 나오니 재희가 숯불을 피우고 기다리고 있었다. 탕관에 삼합미음을 안쳤다. 죽물은 상지수로 잡았다. 쑨차오의 미각을 한 번 더 확인하려는 생각이었다.

사르르.

죽물 온도가 오르자 삼합의 성분이 우러나기 시작했다. 아지랑이처럼 나른하게 후각을 건드린 풍미는 조금씩 농도를 더해갔다. 그 바탕을 이루는 상지수는 세 성분의 진액을 오롯이 우려내기 위해 소리 없이 끓었다.

보글보글.

이 소리다.

이슬비 오는 날, 처마 밑 가마솥의 아궁이. 숯불만 끌어낸 불길 위에서 송알송알 끓는 뚝배기의 합창. 가두고 우리면서 하나가 되어가는 맛의 진미…….

삼합미음은 원기를 보한다. 미음에 좋은 간장을 타 먹으면 맛도 일품이었다. 황징위에게는 '삼합죽'을 내놓기로 했다. 미음 먹는 사람 옆에 산해진미를 쌓아줄 수도 없었다.

죽을 쑤는 동안 황징위가 나왔다.

"셰프."

"같이 계시지 않고요?"

"아닙니다. 이거 너무 폐를 끼치는 건 아닌지……."

"괜찮습니다. 요리사의 즐거움이지요."

"그렇게 생각해 주신다면……."

"그런데 두 분은 어떤 사이인지요?"

민규가 물었다. 쑨차오가 집안 내력을 이야기할 때, 황징위는 자리를 뜨지 않았다. 그건 두 사람이 사업가만의 인연은 아니라는 얘기였다.

"죄송하게도 저희 집안 분이십니다. 제 어머니 언니의 남편이시니 이모부가 되십니다."

'어쩐지…….'

민규가 고개를 끄덕였다.

"뉴욕에서 아내와 딸의 신세까지 졌는데 면목이 없습니다."

"부담 갖지 마세요. 약선요리의 즐거움이기도 하니까요."

"실은 뉴욕에서도 이모부 생각이 났었습니다. 그때도 저분은 잉어탕을 찾아다니고 있었으니까요."

"그랬군요."

"이렇게 기회가 되니 그냥 돌아갈 수가 없어서……."

"……."

"이모부의 부친은 위중하십니다. 어쩌면 얼마 못 사실지도 모릅니다."

"……."

"제가 감히 몇 마디 부연하자면 그분이 키운 회사는 지금 벼랑에 몰려 있지요. 여섯 자식의 암투가 회사를 곤경에 처하게 만들었으니까요."

"……."

"중국어를 아시니 중국 사이트에서 검색해 보면 아시겠지만 쑨차오 이모부가 아니면 그 기업의 미래는 어렵습니다. 당에서도 주목하는 바, 불협화음이 커지면 자칫 숙청의 대상이 될 수도 있습니다."

숙청!

중국이라면 불가능한 일도 아니었다.

"그럼에도 타락한 형제들 넷은 일부 공산당 고위 간부에게

뇌물 바치는 재주로 비리 경영을 멈추지 않고 있습니다. 병상의 그분이 알면 땅을 칠 일이지요."

"예……."

"셰프."

"예?"

"어려운 건 아닙니다. 하지만 우리 이모부 쑨차오는 신의의 남자입니다. 도와주시면 설령 좋은 결과가 나오지 않더라도 셰프의 은혜를 잊지 않을 겁니다. 어부의 고마움을 평생 간직한 부친의 유전자를 제대로 받은 건 이모부뿐이니까요."

"배경 같은 건 상관없습니다. 저는 약선요리사로서 사람을 구하는 요리에만 매진할 뿐."

민규가 답했다. 요리는 입으로 하지 않는다. 약속으로도 하지 않는다. 죽을 저었다. 지금 할 일은 부드럽게, 그러나 쉼 없이 죽을 젓는 일뿐이었다.

"내장이 놀라는 통에 기운이 떨어졌을 텐데 드시고 계십시오. 원기를 보하는 한국의 궁중삼합미음입니다."

민규가 미음을 세팅해 주었다. 쑨차오는 물끄러미 바라볼 뿐 수저를 들지 않았다.

"부회장님!"

"냄새만 맡아도 기운이 나는 건 잉어찜에 대한 기대감 때문입니다. 그러니 셰프는 신경 쓰지 마시고 요리를 부탁합니다."

쑨차오의 말은 사뭇 정중했다.

—상지수, 옥정수, 매우수.

쪼르륵!

주방으로 돌아와 생수를 따랐다. 거기 세 가지 초자연수를 소환했다. 쑨차오가 지목한 물 전부였다.

'칭쩡리위……'

중국의 잉어찜을 생각했다. 쑨차오의 부친이 먹은 건 원방이었다. 상황이 그랬다. 어촌의 어부, 시기적으로도 옛날. 잉어찜을 파는 사람도 아니었으니 중국 전래의 잉어탕을 끓였다. 거기 더해진 건 어부의 정성이었다. 그렇게 보면 특별한 재료가 들어갔을 일도 아니었다.

칭쩡리위.

이윤의 시대에도 그랬다. 그도 잉어찜을 많이 만들었다. 예나 지금이나 중국인들은 물고기, 그중에서도 잉어를 각별히 생각했다. 그렇기에 아직도 웬만한 만찬의 라스트 코스는 물고기 요리였다. 중국 테이블에 잉어가 나왔다면 당신은 대접받은 것으로 생각해도 좋다.

잉어는 다복, 다산, 장수 등의 의미에 못지않게 그 자체로 보양식의 최고봉에 있었다. 동의보감에도 그 효능을 줄줄이 기록하고 있다.

—맛은 달고 성질은 화평하며 독이 없고 비장과 신장, 폐에 유

익하다.

―소화기관을 건강하게 하고 화기(火氣)로 인한 스트레스를 막아준다.

―부종, 즉 붓기를 방지한다.

―해독 작용이 있어 몸속의 나쁜 열과 독기를 없애준다.

―기침과 천식을 멎게 하고 그 독기를 배출한다.

―대소변이 잘 나오게 돕는다.

―불포화지방산을 다량 함유하고 있어 성인병과 동맥경화에 두루 좋다.

이윤의 잉어찜은 정갈했다. 장과 파기름 둘에 칼집에 끼워 넣은 약선재료가 전부였다. 그 약선은 때로 파였고, 때로는 녹용이기도 했다.

그러나 잉어찜은 가리는 상극도 많았다. 녹두가 그랬고 토란이 그랬다. 닭고기도 좋지 않고 감초와 소금에 절인 채소도 금기 사항.

육수에 넣을 약재를 골랐다. 팔각과 초피, 고수, 생강, 후추 등이었다. 중국이라면 당연히 넣을 수 있는 재료들이었다. 파기름이나 초피기름을 넣기도 한다. 현대 한국의 잉어탕이라면 인삼, 당귀, 황기가 들어간다. 간단하게 황정, 즉 둥굴레와 귤껍질에 버섯 등의 채소를 넣어도 좋다.

약재를 물에 끓여 쑨차오에게 맛을 보였다. 그가 팔각과 초피, 생강물을 골라놓았다. 그의 앞에 놓인 미음은 이제 차갑게 식은 후였다.

잉어찜 요리에 돌입했다. 찜통으로 준비한 건 항아리. 숫자는 세 개였다. 옛날 잉어찜은 흔히 항아리를 사용하는 경우가 많았기 때문이다.

상지수와 옥정수, 매우수로 육수를 삼아 잉어를 안쳤다. 쑨차오가 지명한 팔각과 생강은 잉어 옆에 가지런히 넣었다. 이 잉어에는 우레타공을 쓰지 않았다. 뼈를 추려내면 어부의 잉어찜과 다를 수 있기 때문이다.

딸깍!

불을 당겼다.

그사이에 약간장을 준비하고 파기름에 초피를 더해 소스를 만들었다. 잉어가 익어 나오자 접시에 장식하고 약간장을 뿌린 다음, 초피를 걷어낸 소스를 끼얹어 마무리를 했다.

세 가지 초자연수 잉어찜의 완성이었다.

"……!"

잉어찜이 나오자 쑨차오의 눈빛에 생기가 돌았다. 그는 기도하는 마음으로 시식을 했다.

"아하!"

"후어!"

"으음!"

시식의 감탄사는 다 달랐다. 하지만 그의 시선은 상지수 잉어쩜 위에 있었다.

"그겁니까?"

황징위가 물었다.

"……."

쑨차오는 답하지 않았다. 대신 재시식에 들어갔다. 다른 둘을 맛보더니 다시 상지수 잉어찜을 먹었다. 이번에는 많이 먹었다.

"부회장님."

"알쏭달쏭이네."

쑨차오의 답은 난해했다.

"그 길이 맞는 것 같기도 한데 돌아보면 너무 넓은 것 같고… 신산한데 너무 신산하다고나할까?"

"그럼 더 좋은 것 아닙니까?"

"하지만 부친의 맛은 아니지."

"……."

쑨차오와 황징위의 대화가 막혔다.

"다시 끓여보겠습니다."

민규가 정리를 했다.

"미안하오."

쑨차오의 진심이 등 뒤를 따라왔다.

괜찮았다. 아까는 세 가지였지만 이제는 한 가지로 줄었다. 하지만 민규가 두 가지로 늘렸다. 잉어를 제외한 다른 재료의 비율에 변화를 준 것이다. 한쪽은 조금 더 넣었고 또 한쪽은 조금 줄였다.

"……!"

새로운 잉어찜에 나온 쑨차오의 반응은 조금 전과 거의 같았다.

"푸근한 맛은 두 편으로 나뉘어졌지만 신산하기는 다를 바가 없소이다."

조금 다릅니다.

그 말이었다. 민규가 웃었다.

"셰프……."

쑨차오가 애잔한 표정을 지었다. 어쩌면 닿을 것 같은 부친의 맛. 그 애절함을 민규가 모른다고 생각한 것이다. 하지만 민규의 생각은 달랐다.

"너무 애달파 마십시오. 제 생각에 잉어찜은 150% 성공입니다."

"150%?"

쑨차오가 고개를 들었다.

"한국 속담에 시작이 반이라는 말이 있습니다. 그러니 그게 50%지요. 다음으로 잉어찜을 맛보는 동안 부회장님의 몸에 원기가 돌았습니다. 자식은 아버지의 분신이니 그 또한 50%의 성공이지요. 나아가 이 요리가 완전히 틀린 게 아니라 조금 높은 격에 있다는 것이니 최소한 50%는 되겠지요? 그러니 150%의 성공이 아니면 뭐겠습니까?"

"오!"

듣고 있던 황징위가 공감을 표해왔다.

"이제 우리가 할 일은 그 넘치는 50%를 덜어내는 일입니다. 본래 무에서 채우는 것보다야 유에서 덜어내는 것이 쉽지 않겠습니까?"

"셰프."

민규는 대답 대신 하늘을 보았다. 별이 초롱거렸다. 비가 오지는 않을 것 같았다. 그렇다면 되었다.

"밤이 늦었습니다. 호텔에서 쉬셨다가 내일 아침에 오시면 제가 그 50%를 덜어내 놓겠습니다."

"셰프……."

"대한민국 약선요리사로서의 명예를 걸고 약속합니다."

하늘을 확인한 민규의 목소리는 더욱 확정적이었다.

*   *   *

"형."

사성 부렵, 송규의 얼굴이 일그러졌다. 민규가 외출 채비를 한 까닭이었다.

"월송사 기억하지?"

"응."

"거기 뒷산 대나무 밭에 좀 다녀온다."

"그럼 운전은 내가 할게."

"넌 여기서 내일 아침 죽 예약 조금씩 미뤄두고… 그리고……"

민규가 뒷말을 종규에게 전했다.

"제대로 해야 돼."

당부를 남기고 탑차의 시동을 걸었다. 똥토바이를 탈까도 생각했지만 먼 길이기에 차를 택했다.

부릉!

마당을 나서 도로에 올라설 때였다. 무심코 공터를 바라본 민규의 시선이 멈췄다.

'쑨차오 부회장……'

초빛과 차약선방으로 갈라지는 쪽이었다. 황징위와 쑨차오 가 타고 온 차는 거기 머물고 있었다. 끝내 돌아가지 않은 모 양이었다. 더 놀라운 건 불빛이었다. 불빛 안에서 어른거리는 사람의 형체… 자고 있지도 않다는 증거였다. 부친을 위한 그 의 마음을 알 것 같았다.

'하긴 그 정도는 되셔야 내가 먼 길 다녀올 보람이 있지.'

신호가 터지자 가속기를 밟았다.

민규가 돌아온 건 어스름이 완전히 벗겨진 아침이었다. 황 징위의 차는 아직 그 자리에 있었다. 차를 세우고 다가갔다.

똑똑!

차창을 두드렸다.

"셰프?"

창을 내린 쑨차오가 소스라쳤다. 노트북으로 업무 파악을
하던 황징위도 그랬다.

"지금 오신 겁니까?"

시치미를 떼고 물었다.

"아, 예… 그게……."

"불편하실 테니 가게로 와서 계시죠. 아침 약선차를 한잔
올리겠습니다."

인사를 마친 민규가 돌아섰다. 황징위의 차는 민규의 탑차
를 따라 마당에 들어섰다.

약선차는 귀비탕을 준비했다. 귀비탕은 건비양심(健脾養
心), 즉 심장과 비장을 안정시키는 차였다. 황기와 만삼, 당귀,
백출, 용안육, 산조인 등이 들어간다. 색감은 우아한 귀부인
처럼 은은했다.

"미안해서……."

얼굴을 붉히는 쑨차오를 뒤로하고 잉어찜에 돌입했다. 그가
밤새워 기다린 것, 귀비탕이 아니라는 걸 알고 있었다.

일작이무(一作二無).

잉어찜 항아리는 하나만 놓았다. 일작이무는 권필의 좌우
명이었다. 고려 말기의 왕들. 격변기였기에 중병도 많았다. 왕
을 위한 약선은 언제나 한길이었다. 두 개, 세 개, 네 개를 놓

고 선택할 수 없었다. 그러나 그 하나에는 언제나, 권필의 목이 걸려 있었다. 중병에는 찬품 하나만 삐끗해도 목숨이 위태로운 것이다.

일작이무에는 그런 뜻이 있었다. 오직 한 작품에 혼을 거는 것.

재료 손질을 했다. 잉어를 다듬고 약재를 넣었다. 항아리에 물이 들어갔다. 월송사의 뒤편에서 모아 온 상지수였다. 대나무들이 강물을 바라보는 곳에서만 취했다. 양은 많지 않았다. 이대로 불을 붙이면 졸아든다. 그걸 계산했기에 종규에게 지시를 했었다.

숯불.

처음부터 숯불이었다. 그것도 대나무 숯이었다. 대나무 숲을 낀 어부였다면 그럴 것 같았다. 또 하나의 장치 역시 대나무였다. 몇 개 베어 온 푸른 대나무를 항아리 바닥에 촘촘히 깔았다. 그 위에 잉어를 올리니 우려가 해소되었다.

은은한 불길로 잉어를 다스렸다. 불이 아니라 시간과 정성이 빚어내는 잉어찜이었다.

30분.

한 시간.

그리고 20여 분 더 경과……

찜 항아리에서 새어 나오는 김으로 감을 잡은 민규가 종규를 불렀다.

"쑨 부회장님 모시고 와라."

쑨차오는 단숨에 달려왔다. 그러더니 주방 뒤에서 익어가는 잉어찜을 보고 소스라쳤다. 정갈한 숯이었다. 투박한 항아리였다. 현대의 편리성은 완전히 제거하고 원시적 방법으로 익혀낸 잉어찜…….

"셰프……."

그는 다리가 후들거리는 걸 느꼈다. 중국 최고의 셰프로 불리는 하오펑과 쩌우정, 왕이밍도 이렇지는 않았다. 맛을 보기도 전에 감동이 밀려왔다.

"잉어찜이 거의 완성되었습니다."

"아아……."

"하지만 냄새로만 확인해 주셔야겠습니다."

"냄새……?"

"혹시 일작이무라는 말을 아시는지요?"

"……!"

쑨차오의 표정이 굳었다. 그는 알고 있었다. 그 단어의 뜻도, 민규가 하려는 말도…….

명작은 다시 나오지 않는다. 그게 일작이무였다.

망치면 다시 그리면 되지.

망치면 다시 만들면 되지.

그건 틀린 생각이었다. 혼을 다한 명작은 망치면 그것으로 끝이다. 그 혼과 열정은 흘러가는 강물과 같다. 바로 지금, 바로 거기. 그 때가 지나면 변한다. 다시 만든다고 될 일이 아니었다.

스릉!

민규가 항아리 뚜껑을 살짝 열었다. 김은 그 좁은 아가리를 뚫고 폭발적으로 밀려 나왔다.

"……?"

"어떻습니까?"

"아아……."

쏜차오의 다리가 후들거리고 있었다. 그는 눈을 감은 채 몇 번이고 풍미를 음미했다. 숨이 멈출 것만 같았다. 그 뒤에 서서 지켜보는 황징위도 숨을 제대로 쉬지 못했다.

된 건가?

민규의 긴장이 살짝 풀릴 때 쏜차오의 입이 열렸다.

"9할은 되는 것 같소이다."

"……!"

순간 민규의 척추가 다시 곤두섰다. 9할이다. 그렇다면 1할의 문제가 있다는 지적이었다.

"부회장님……."

황징위가 쏜차오를 일깨웠다. 이 정도면 되지 않겠냐는 뉘앙스였다. 하지만 쏜차오는 아른아른 피어나는 풍미 앞에서 침묵을 지킬 뿐이었다.

1할.

10%다.

무시할 단위가 아니었다.

민규가 한약재 창고 쪽을 바라보았다. 하늘에서 내려와 대나무에 응결된 이슬과 물방울. 그것도 강물과 가까운 상지수만 모아 왔다. 민규의 판단은 거의 적중했다. 그렇기에 쑨차오가 기억하는 맛에 다가선 것이다. 하지만 1할 부족이었다.

이 정도의 재현이라면 그대로 가져가 시식을 시도할 수도 있었다.

어땠을까?

이윤이라면.

권필이라면······.

그들을 생각하니 또 다른 단어가 떠올랐다.

무자기(毋自欺).

'나 자신을 속이지 않는다'라는 단어였다. 오기가 발동했다. 90%를 재현해 놓고 10%에서 비겁하고 싶지 않았다. 그 답을 권필이 주었다. 고려 말, 왕비가 회임을 하면 잉어를 달여 먹였다. 왕세자에게는 매년 봄, 월례 행사로 잉어를 고아 먹였다. 거기서 힌트를 얻었다.

"혹시 부친께서 어부를 만났을 때가 음력 4월쯤 되었습니까?"

"대략 그런 것으로 들었습니다만······."

쑨차오가 대답했다. 민규가 약재 창고로 달렸다. 득달처럼 문을 열고 약재 하나를 골라 들었다. 사삼으로 불리는 잔대였다. 투박한 놈을 정갈히 씻어 잉어 항아리에 넣고 조금 더 뜸을 들였다.

잔대는 봄철의 잉어탕에 넣었다. 특히 어린 왕세자에게 그랬다. 목적은 정기신혈을 위한 것이니 잡다한 약재를 가지고 있을 리 없는 포구의 어부가 선택할 만한 약재였다. 민규의 판단이 옳다면 이 하나로 빈 곳을 완벽하게 채울 일이었다.

스릉!

다시 항아리가 열렸다.

"억!"

냄새를 맡은 쑨차오가 그 자리에서 무너졌다. 그는 기어서 기어이 항아리의 냄새를 재확인했다. 민규가 비로소 잉어찜의 육수를 맛보여주었다. 쑨차오는 마침내 민규가 기다리던 말을 토해냈다.

"바로 이 맛입니다."

바로 이 맛.

그 말에 민규도 휘청거렸다. 칼날 같던 긴장이 완전히 풀린 것이다.

"형."

종규가 생수를 가져왔다. 민규는 정화수를 소환해 단숨에 들이켰다. 그제야 머리가 맑아졌다. 쑨차오에게도 한 잔을 주었다.

"아아, 이런 기적이……."

쑨차오는 차마 말을 잇지 못했다.

"이대로 보온 통에 넣어드리겠습니다. 가져가실 수는 있겠습니까?"

민규가 물었다.

"가져가야지요. 공항에서 문제가 되면 한국 정부와 기업에 있는 친구들을 다 동원해서라도……."

"그럼 지금 당장 비행기표를 바꾸시는 게 좋겠습니다."

민규 말을 들은 쑨차오는 당장 핸드폰을 뽑아 들었다. 황징위도 힘을 보탰다.

"웨이, 니 하오?"

"웨이, 닌 하오?"

두 사람의 중국어가 햇살처럼 밝게 퍼져갔다.

철컥!

보온 접시가 닫혔다.

철컥!

보온 박스도 닫혔다.

두 사람의 중국 귀환은 전격 작전처럼 펼쳐졌다. 비행기표 확보는 어렵지 않았다. 그들은 중국동방항공을 시작으로 북방항공의 고위 라인까지 연결되는 사람들이었다. 쑨차오는 잉어찜 보온 상자를 신줏단지처럼 안고 갔다. 고맙다는 인사는 열 번도 더 받은 것 같았다.

"으악, 그런 요리를 나만 못 봤네? 오빠가 전화 좀 해주지."

출근한 재희가 울상을 지었다.

"미안. 나도 나름 활약하느라 바빠서 말이지."

종규가 슬쩍 거드름을 피웠다.

"오빠는 뭐 했는데? 잉어 비늘 벗기기?"

"아니."

"그럼 뭐?"

"숯불 피우기."

"꼴랑 수— 뿌— 울?"

재희의 목소리가 빈정 모드로 변했다.

"야, 숯불이 얼마나 중요했는지 알아? 그게 대나무를 가지고 1950년대 중국 방식으로 피워야 하는 거였다고. 무려 70여 년 전."

종규가 발끈했다.

"정말이에요? 셰프님?"

재희가 확인에 들어갔다.

"그렇지? 형?"

종규는 혈연에 호소하고 나왔다.

"아, 몰라. 너희들끼리 알아서 하고. 손님들 오실 테니까 빨리 테이블 준비나 해."

민규는 대답 대신 둘의 등짝을 후려쳤다.

오전은 눈코 뜰 새 없이 바빴다. 잉어찜 때문에 늦게 시작
한 까닭이었다. 테이크아웃을 준비해 주고 테이블 손님을 받
는 동안 훌쩍 점심때가 되었다.

2차전이다.

점심 요리다 보니 죽보다 손 가는 일이 많았다. 밤을 새워
월정사에 다녀온 민규. 그 피로는 마비탕과 열탕으로 날려 버
린 지 오래였다. 요리사에게 기대되는 맛은 피로조차도 핑계
의 대상이 될 수 없었다.

이날도 궁중황금칠향계가 인기였다. 점심시간에만 50여 마
리가 나갔다. 그렇다고 모든 사람이 황금칠향계만 찾지는 않
았다. 특이하게도 닭곰탕 주문자가 있었다.

궁중닭곰탕.

당연히 현대인이 아는 그 요리가 아니었다. 이 요리는 닭에
산사나무 열매와 사군자육을 넣고 고아낸다. 정조가 어머니
인 혜경궁 홍씨에게 바친 요리이기도 했다. 그 전설은 헌종에
게도 이어진다. 헌종이 천연두에 걸려 허덕일 때 닭곰탕이 올
라갔다. 조선시대에는 천연두를 앓을 때 닭이 좋지 않다는 미
신이 있었다. 그럼에도 헌종은 닭곰탕을 먹고 회복이 되었다.
가히 보약이 아닐 수 없었다.

민규의 닭곰탕은 구수함의 끝판왕이었다. 오죽하면 황금칠
향계를 먹은 사람들이 넘볼 정도였다. 그걸 주문한 사람은 몸
이 허한 50대의 가장. 80대 후반의 노모가 권한 음식이라며

예약을 했었다. 남자는 육수에 더해 뼈의 살까지 알뜰하게 발라 먹었다. 정말이지 뼈에 붙은 살은 1도 없을 정도였다.

"어휴, 내 평생 최고로 포식했네."

남자는 비 오듯 쏟아지는 땀을 닦아냈다. 그런 다음 가뜬히 일어나 신용카드를 뽑아 주었다.

"셰프님."

재희가 민규를 툭 건드렸다. 들어올 때는 지팡이를 짚던 남자였다. 하지만 지금 그 지팡이는 우산처럼 남자의 손에 들려 있다. 원기를 회복한 것이다.

"고맙습니다. 진짜 원방 중의 원방이군요. 닭인지 꿩인지, 아니면 봉황을 먹는 건지 모를 정도였어요."

남자가 웃으며 초빛을 나갔다. 점심 예약이 끝나는 순간이었다.

자유!

좋다.

연못가의 테이블에 멋대로 앉아 쉬었다. 맛의 창조가 끝난 후에 누리는 휴식은 토종꿀 맛보다 달콤했다.

"셰프님, 차 드세요."

재희가 약선오미자차를 가져왔다. 얼음이 동동 뜨니 색이 연지곤지에 비할 바 없었다. 한 모금 시원하게 넘길 때 전화가 울렸다. 안동 권씨 종부 유혜정이었다.

―저 기억하시죠?

그녀가 물었다. 어찌 모를까? 그녀의 용건은 제수 음식 건이었다. 서울광장 뒤풀이에서 나왔던 말. 또 하나의 약속이 민규를 기다리고 있었다.

"내일이었죠? 친구분 집 알려주시면 제가 가겠습니다."

─미안해서……

"아닙니다. 다만 유 선생님 앞에서 제수 음식이라니 황공할 뿐입니다."

─그런 말씀 마세요. 요리가 나이로 하는 건가요?

"그럼 내일 뵙겠습니다."

답을 하고 전화를 끊었다.

상지수 잉어찜에 이어 사자를 위한 제수 음식.

새벽의 월정사 대나무 숲이 떠올라 피식 웃었다. 어스름이 짙은 대나무 숲은 기묘했다. 요리에 대한 열정이 아니라면 공포를 느꼈을 일. 그러나 상지수 찾기에 혈안이었기에 공포조차 모르고 돌아온 민규였다.

타다다!

사각사각!

저녁 예약이 진행될 때 또 핸드폰이 울렸다. 진동으로 둔다는 걸 깜빡한 모양이었다. 무음으로 바꾸려는 순간 전화번호가 보였다. 길었다. 그러고 보니 국제전화⋯ 혹시 몰라 전화를 받았다.

─이 셰프님, 나 쏜차오입니다!

전화에서 득달같은 목소리가 들려나왔다.

'성공?'

그 밝은 소리를 따라 한 단어가 스쳐갔다. 민규의 짐작은 적중이었다. 서울에서 중국까지 두 시간에 날아간 쑨차오. 거기서 부친의 집까지도 한 시간 안에 날아갔다. 헬기를 동원한 것이다.

그리고 병상의 아버지 옆에서 잉어찜을 개봉했다. 늙은 아들 쑨차오가 한 건 딱 한마디였다.

"아버지가 찾으시던 그 잉어찜입니다."

그 말이 신호였을까? 아니면 민규 요리에서 우러난 신성이었을까? 늘 허공에 꽂혀 있던 부친의 눈동자가 움직였다. 그리고… 작지만 분명한 목소리가 들려나왔다.

"이 냄새……."

콧구멍을 실룩거린 부친의 말이 이어졌다.

"그 잉어찜 냄새야. 내 목숨을 살려준 어부가 끓여준……."

부친은 잉어찜을 먹었다. 가시만 발라내고 다 먹었다. 먹는 시간은 길었지만 조금도 남기지 않았다. 마지막 살점을 먹고 물을 주려 할 때, 기적이 일어났다. 부친이 손을 내밀어 물잔을 받은 것이다.

"아버지!"

쑨차오가 또 한 번 무너졌다.

"이번에는 네가 어부가 되어주었구나. 고생 많았다."

아버지가 쑨차오의 손을 잡았다. 벌떡 일어설 정도는 아니지만 현저한 기력 회복이었다.

"형제들을 부르거라."

아버지가 명했다. 전화를 마친 쑨차오가 가족 외에 최초로 소식을 전한 게 민규였다.

—이제 우리 쑨펑웨이 그룹은 살았습니다. 당신의 은혜에 보답하기 위해 사람을 보냈습니다. 앞으로도 평생 잊지 않을 겁니다.

쑨차오는 감격에 찬 목소리로 전화를 끊었다.

'사람을 보냈다고?'

그 말을 곱씹기도 전에 진짜 사람이 도착했다. 쑨펑웨이 그룹의 서울 지사장이었다. 40대 후반의 지사장은 여자였다.

"부회장님이 각별히 챙기라는 지시입니다. 받아주시지 않으면 바로 제 사표가 수리될 일이니 부탁드립니다."

지사장이 선물 상자를 내밀었다. 워낙 간곡한 데다 손님이 밀려와 받아두었다.

하루를 마감한 저녁 시간, 민규가 기지개로 근육을 풀 때 종규가 상자 옆을 기웃거렸다.

"뭘까?"

"궁금하면 열어봐라. 나도 뭔지 모른다."

"흐음… 묵직한데? 억!"

상자를 열던 종규가 그대로 주저앉아 버렸다. 상자 안에 든 건 한 뼘도 넘는 순금의 황금 잉어 조각이었다.

"형이 보낸 잉어찜이 황금 잉어가 되어 돌아왔어."

종규가 소리쳤다.

순금의 황금 잉어.

너무 과한 것 같아 쑨차오에게 전화를 걸었다. 중국의 그가 전화를 받았다. 하지만 혹 떼려다 혹 붙이게 되는 민규였다.

—황금보다 귀한 잉어찜을 해주신 셰프입니다. 생각 같아서는 셰프의 연못을 황금 잉어로 가득 채워 드리고 싶지만 일작이무라는 말이 생각나 한 마리만 보냈습니다. 그 한 마리가 일작이무의 가치를 못 한다면 부득 연못을 채워 드리는 수밖에 없습니다.

일작이무.

오직 하나로 승부하라.

민규 입으로 한 말이었으니 도리 없다. 황금 잉어를 받는 수밖에 없었다.

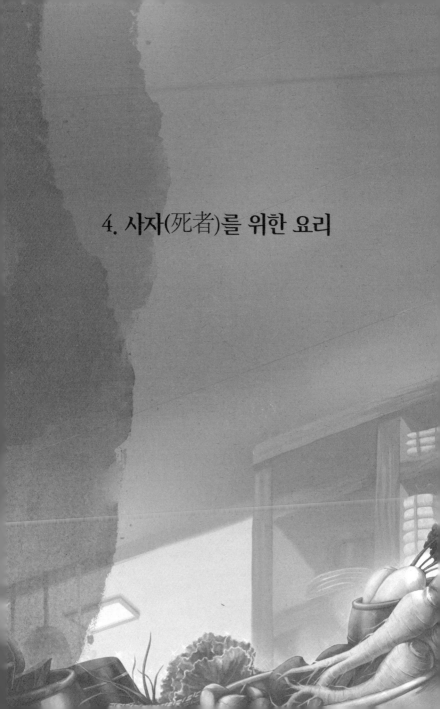

4. 사자(死者)를 위한 요리

"아유, 아유 맛나라."

할머니의 입으로 옴죽암죽 밥이 넘어갔다. 이라고는 아래쪽 네 개와 안쪽 하나가 전부. 그래도 옴지락거리며 잘도 먹었다.

"맛나, 맛나."

할머니가 웃었다. 모시고 온 두 딸이 웃었다. 할머니의 88세 생일. 요양원에서 모시고 나와 점심 생일상을 차려주는 딸들이었다. 딸이라고 해도 환갑 줄, 그녀들은 죽 먹는 할머니를 어린아이 대하듯 했다.

할머니가 예약한 건 초자연수 세트에 간장계란알밥이었다.

말이 요리지 그 옛날, 저 할머니가 날마다 만들던 음식이었다. 가마솥에서 갓 지어낸 윤기 좔좔 흐르는 밥에 장독대의 간장 한 숟가락, 그리고 암탉이 갓 낳은 계란 노른자에 참기름을 넣고 볶아둔 참깨를 사르르… 그런 다음 숟가락으로 쓱쓱 비비면 그만이었다.

장독대에 내려앉는 햇살은 날마다 간장을 숙성시켰다. 갓 낳은 계란의 노른자는 살아 있는 버터 못지않다. 그렇게 비비면 노른자가 밥알의 뜨거움과 만나면서 찰기로 녹아내린다. 한 숟가락 뜨면 입안 가득 핵탄두급 풍미 작렬. 고소하기가 말할 수 없었다.

한 입 물면 옥침이 나오기도 전에 저절로 목으로 넘어갔다. 짭조름한 간장 맛에 딸려 오는 못 견딜 고소함. 그냥 꿀꺽꿀꺽이다. 밥투정하는 아이들에게는 딱이었다.

이 간단하고 맛난 요리가 밥상에서 사라졌다. 쌀은 그 쌀이 아니고 간장도 그 간장이 아니다. 닭은 말할 것도 없다. 그때의 닭들은 자유롭게 마당을 돌아쳤지만 이제는 A4 한 장 크기의 공간에서 사육당하기 때문이었다. 그 알이, 그 알과 같을 리 없다.

"고마워, 3일은 굶어도 끄떡없을 것 같아."

식사를 마친 할머니가 민규를 보며 웃었다. 치매를 앓고 있는 할머니. 약으로 제어가 되지만 표정은 나른해 보였다. 그 나른한 여생에 밥 한 그릇으로 행복을 안겨준 민규였다.

"엄마가 밥 한 그릇 다 먹은 게 언제인지 몰라요. 고맙습니다, 셰프님."

두 딸은 그제야 밥을 먹었다. 간장계란알밥은 식어도 맛이 좋다. 두 딸은 서로의 볼에 붙은 밥알을 떼어주며 행복하게 먹었다.

약선차로 간소한 생일상을 마무리 지었다.

"너무 좋았어요."

큰딸은 행복에 겨워했다. 원래는 떡 벌어지는 수라상을 예약할 계획이었다. 하지만 민규의 제의로 실용성에 맞춘 간장비빔밥. 모녀에게 행복을 세이브시키는 순간이 되었다.

3일은 끄떡없을 것 같아.

그 말이 증거였다.

맛은 저축할 수 있을까? 행복은? 시간은?

민규의 생각은 다 OK 쪽이었다. 시간은 저축할 수 있다. 남보다 부지런하게 움직이면 하루를 25시간으로 살고도 남는다. 게으르면 30시간을 주어도 모자란다.

행복도 그랬다. 행복한 기억은 마음속 보물 상자에 담긴다. 고단하고 힘겨울 때 열어보면 위로가 된다. 행복이 저축되었기 때문이다.

맛도 그런 선상에 있었다. 맛난 음식을 먹어본 경험도 재산이 된다. 그렇기에 만족스럽게 먹으면 3일을 굶어도 걱정이 없다고 하는 것이다.

"잘 먹었습니다."

모녀가 합창을 하며 떠났다. 그녀들에게도 어머니에게도 실속 있고 행복한 생일상이었다. 그렇게 일요일 오후의 마지막 예약을 마감했다.

"몇 시쯤 올 거야?"

외출 채비를 하자 종규가 물었다. 유혜정이 요청한 제수 음식 출장 요리 길이었다.

"끝나는 대로 연락할게. 혹시 늦으면 연습하다가 먼저 자."

"알았어."

종규가 마당에서 배웅을 해주었다.

부릉!

크릭!

잘 걸리던 시동이 저절로 꺼졌다.

'왜 이래?'

다시 시도.

부릉!

푸르륵.

이번에도 마찬가지.

두 번을 더 시도하고서야 시동이 제대로 걸렸다.

"차 바꿔야겠네."

종규 말을 들으며 출발을 했다. 그런데, 도로 앞에서 신호 때문에 멈췄다가 출발할 때 다시 시동이 꺼졌다. 똥차지만 엔진 하나는 기가 막히던 탑차. 오늘 따라 속을 썩인다. 겨우 달래고 달래 도로에 올라섰다. 조금은 불안했지만 다음부터는 괜찮았다. 길에서 퍼지지는 않은 것이다.

해가 넘어간 후에야 목적지에 닿았다. 한적한 교외의 마을이었다. 유혜정 지인의 집은 작은 산을 배경으로 호수를 끼고 있었다.

"어서 오세요."

유혜정이 나와 민규를 맞았다. 그녀의 친구 최아선도 함께였다.

"인사드려, 우리 이 셰프님."

유혜정이 친구에게 말했다. 뚝심 있게 생긴 여걸 최아선이 인사를 해왔다.

"와주셔서 고마워요. 일단 들어가시죠."

최아선이 마당을 가리켰다. 잔디가 차분하게 깔린 정원이었다. 거실에 들어서니 음식 냄새가 등천을 했다. 제수 음식을 만들고 있는 모양이었다.

"일단 차부터 드세요. 궁중요리 하시는 분에게 맞을지 모르겠네요."

최아선이 차를 내놓았다. 오미자 발효액에 생수를 부었는데 단맛이 강했다. 설탕을 너무 넣은 발효액이었다.

"혜정이가 말을 하길래 기대는 했지만 막상 와주시니 너무 고맙네요. 굉장히 바쁜 분이라고 하던데……."

"영광으로 알아. 영부인께서도 총애하시는 셰프서."

유혜정이 민규를 띄웠다.

"아닙니다. 총애는……."

민규가 겸손하게 응수했다.

"너무 겸손하지 않으셔도 돼요. 저도 친구 말 듣고 방송이며 유튜브 같은 거 다 돌려 봤어요. 정말 사람 솜씨가 아니더라고요."

"암, 사람이 아니지. 나는 셰프님 나이에 시어머니에게 요리 배우느라 눈물 쏙, 콧물 쏙이었는데 셰프님은 물맛까지도 요리하시는 귀신 손맛에 해박한 지식, 유려한 요리 솜씨… 아유, 어쩌면……."

또 유혜정이 나섰다.

"자꾸 그러시면 낯만 뜨거워집니다. 지금 제수 음식 만들고 계신 겁니까?"

민규가 최아선에게 물었다.

"네, 좀 봐주시겠어요?"

"그보다 꿈에 나오신다는 분의 사진을 먼저 좀 부탁합니다."

"알겠습니다. 조금만 기다려 주세요."

최아선이 방으로 들어갔다.

"오느라고 고생했죠?"

옆에 있던 유혜정이 말을 붙여왔다.

"아닙니다. 선생님은 언제 오셨어요?"

"나는 일요일이라 낮부터 왔어요. 쟤가 내 절친이거든요."

"예……."

"쟤가 원래는 하마였어요. 그런데 지금은 살짝 오동통할 뿐
이잖아요? 알고 보니 애간장 태우다가 담석증까지 걸려서 병
원에 입원을 했었다네요. 그런데 그것조차 수술에서 돌을 한
번에 꺼내지 못해 두 번이나……."

"저런……."

"사람이 마음의 동물인 게 맞나 봐요. 이것저것 신경이 쓰
이니 뭐든 찜찜한 거죠. 오늘 잘 좀 부탁드려요."

"최선을 다해보겠습니다."

당부와 다짐을 주고받을 때 최아선이 나왔다.

"이분이세요."

그녀가 영정 사진을 내밀었다. 사진을 받아 들고 체질창을
보았다. 체질창은 희미했다.

"잠깐만 거실 불 좀 소등해 주시겠어요?"

민규가 요청하자 최아선이 스위치를 내렸다. 어두워지니 체
질창이 제대로 보였다. 영정 사진 속 인물의 체질은 水형이었
다. 오장육부의 리딩으로 보아 신장암으로 죽은 것 같았다.

"혹시 이분이 신장 때문에 돌아가셨나요?"

민규가 묻자,

"에그머니나!"

최아선이 그 자리에서 주저앉았다.

"최 사장!"

놀란 유혜정이 최아선을 부축해 세웠다.

"그, 그걸 어떻게?"

"영정 사진의 골격이 허술하고 신수가 좋아 보이지 않아서요. 이런 경우에는 대개 신장병이 있거든요."

"세상에!"

딸깍!

불은 민규가 컸다. 최아선이 놀란 까닭이었다. 주방에서 일하던 파출부를 불러 생수를 가져오게 했다. 거기 마음을 안정시키는 방제수를 소환해 주었다.

"어유, 이제 좀 진정이 되네요."

물을 마신 최아선이 숨을 골랐다.

"그럼 제수 음식 재료를 좀 볼까요?"

민규가 주방으로 향했다.

제수 음식은 음양의 구비가 제대로였다. 유혜정 때문이었다. 그녀의 지도를 받고 있으니 허술함이라고는 찾아볼 수 없었다.

사실 제사 의식에 쓰이는 음식도 궁중요리와 통했다. 군주에게 있어 제의 의식 또한 왕실의 도리에 속하는 까닭이었다. 그렇기에 제의 음식은 궁중요리의 기틀로도 볼 수 있었다.

제의 음식은 음양오행의 완전체였다. 하늘이 음양을 주관하듯 제사 또한 음양의 법칙에 따라 만들고 담아야 하는 것이다.

"그동안은 주로 양신(陽神)을 모시는 음(陰)의 식재료를 주로 썼어요. 생선과 숙채, 식해, 유밀과 같은 거 말이에요. 그러다 저번에는 혹시나 싶어 음신(陰神)을 모시는 쌀밥과 쌀떡, 고기, 포 등으로 모셨는데 악몽은 가지지 않았다고 해요."

유혜정의 설명이 나왔다. 종갓집 종부답게 제사에 해박했다. 양신과 음신을 모시는 음식이 다르기 때문이었다.

"술을 좋아하지 않지만 음복도 정성껏 했고……."

유혜정이 정종을 바라보았다.

조상들에게 제사는 하나의 길례였다. 슬픈 날이라 아니라 즐거운 날이다. 제사를 마치면 음복을 한다. 음복은 하늘의 도로 보았다. 조상들이 자손에게 베푸니 공감이 오가고, 자손 들이 그 뜻을 받으니 그 공감이 커지는 것이다. 다른 효과로 는 가족의 결속이었다.

그러나 이제 제사의 의미는 과거와 달라졌다. 하지만 아직 도 이렇게, 최아선처럼 조상의 공감과 결속에 영향을 받는 사 람은 많았다.

"완벽하네요. 준비한 대로 하시면 될 것 같고요 저는 네 가 지만 맡겠습니다."

민규가 말했다.

네 가지…….

―밤죽.

—참마백꽃병.

—두부구이.

—정종.

민규의 요리는 별다르지 않았다. 소담하게 밤죽을 쑤고, 마를 갈아 전병을 굽고, 두부 역시 팬에 노릇노릇 구워냈을 뿐이었다. 다만 다른 건 두 가지. 이 요리에 들어간 초자연수와 소금이었다. 귀신을 불러내는 것이므로 음(陰)이 가득한 정화수를 소환했고 사자의 생전 체질에 맞춰 소금 간을 강하게 했다.

제수 음식은 심심한 것이 특징이지만 특별한 경우이기에 생전의 체질대로 간 것이다. 다른 음양의 조화는 고려하지 않았다. 생전의 성향을 고려할 뿐이었다.

밤 11시.

12간지로 보면 자(子)시에 해당하는 시간. 귀신들의 활동 타임이 되자 제사가 시작되었다. 원래는 밤 9시쯤 간소하게 지내던 제사. 그러나 꿈자리가 뒤숭숭한 이후로 시간을 늦췄다. 격식을 갖춘 제수 차림에 민규의 요리가 중심을 잡았다.

대문이 열렸다. 이를 영신이라 하니 귀신을 모시는 첫째 일이었다. 다음으로 제주인 최아선이 신위 앞으로 나가 향을 피웠다. 찬신에 이어 초헌이 행해졌다. 제주가 첫 번째 술잔을 올린 것이다. 제주가 홀몸이므로 유혜정이 집사 역할을 맡아주었다.

민규는 제사상 뒤에서 주목했다. 영정과 민규의 요리들…
그리고 뚜껑을 따는 순간 정화수를 한 방울 소환해 넣은 정
종 잔까지.

하르르!

촛불이 미세하게 흔들렸다. 술잔도 미세하게 흔들렸다.

'왔다.'

민규 촉각이 곤두섰다. 시선은 술잔에서 떨어지지 않았다.
하지만 술잔은 줄어들지 않았다.

"……"

독축에 이어 아헌, 즉 두 번째 술잔이 올려졌다. 이번 술잔
에도 파문이 보였지만 줄어든 기색은 없었다. 술잔을 흔들기
만 하고 마시지 않는다. 음식도 그랬다. 밤죽에 공기가 생겼
다. 저승수저로 찌른 듯 보였다. 참마백꽃병도 그러는가 싶더
니 최아선이 절을 마치고 일어설 때 두부 쌓은 게 무너졌다.

"아유, 내가 잘못 담았나 봐요."

최아선이 급수습을 했다. 하지만 민규 생각은 달랐다. 반응
은 왔다. 하지만 거친 반응이다. 툭툭 건드리거나 찌르는 것이
다. 사람이라면 분명 화가 난 행동. 귀신이라고 다를까?

영정을 보았다. 민규가 받은 제수 음식도 보았다. 체질은 일
치했다. 그럼에도 먹지 않고 휘젓기만 하는 귀신…….

그렇게 제사가 끝났다. 최아선이 음복하려 할 때 민규가 그
잔을 막았다.

"왜⋯⋯?"

그녀가 민규를 바라보았다.

"아버님 묘지가 여기서 가깝다고 했죠?"

"예."

"죄송하지만 좀 가볼 수 있을까요?"

"지금요?"

"예."

"셰프님."

"죄송하지만 아버님께서 제수 음식을 전혀 먹지 않은 것 같습니다. 사모님이 만드신 것도, 제가 만든 것도."

"그게⋯ 보이나요?"

최아선이 물었다.

"그럴 리가요. 그냥 감이죠. 제가 약수를 만들다 보니 말로는 설명이 안 되는 그런 느낌을 좀 압니다."

최아선이 유혜정을 돌아보았다. 유혜정은, 시키는 대로 하라는 듯 고개를 끄덕거렸다.

자정이 지날 무렵, 민규는 뒷산의 묘지 앞에 도착했다. 분묘 형태의 공동묘지였다. 부부가 나란히 묻혔다. 원래는 납골묘로 이장을 할까 생각했는데 일이 이렇게 되고 보니 감히 손대지 못하고 있다고 했다.

"여기예요."

최아선이 묘지를 가리켰다. 유혜정도 동행이었다. 묘지 앞에 민규가 만든 요리만을 차려놓았다. 최아선을 시켜 첫 잔을 따르게 했다. 그 순간, 참마병과 두부구이를 쌓아 올린 게 기울었다. 다른 사람도 아닌 종부 유혜정이 담은 접시니 우연은 아닌 것 같았다.

스산한 기분을 느낀 민규가 고개를 들었다. 주변에는 묘지가 많았다. 다들 오래되었다. 바로 위쪽 묘지에서 시선이 멈췄다.

"잠깐만요."

민규가 그 묘지로 올라섰다. 돌보는 손길이 끊긴 묘지였다. 거기서 우두커니 돌아보았다. 최아선 앞에 놓인 영정 사진. 그런데… 괴이한 일이 일어났다. 체질창의 느낌은 이 낯선 묘지에서 오히려 선명했다.

맙소사!

민규가 경기를 했다. 눈을 감았다 떴다. 그래도 체질창의 흔적은 이쪽이 더 강했다. 설마하니 최아선이 무덤을 잘못 찾았을 리도 없는 상황.

뭔가 잘못되었다.

그것도 단단히.

민규의 피는 이미 얼음장처럼 식은 후였다.

"……!"

최아선이 또 한 번 휘청거렸다. 제수 음식 때문이었다. 아버지 묘 앞에서 올린 제수 음식과 그 위쪽 묘지에서 올린 음식을 확인한 후였다.

아버지의 묘에서는 묘한 반응이 있었다. 하지만 위쪽 묘에서는 괜찮았다. 게다가…….

술잔 안의 양이 줄어들었다.

살랑!

살랑!

술잔에 서리는 분명한 파문. 착시가 아니었다. 파문 뒤에 양이 줄어드는 것이다. 한 번, 두 번, 세 번을 거듭하니 눈으로도 파악이 되었다.

"아버지."

최아선이 고개를 조아렸다.

죽도 마찬가지였다. 공기에 접촉하면서 날아갔다기엔 양이 많았다. 그리고 그런 논리라면 아버지의 묘에서도 같은 현상이 일어나야 했다. 민규가 보기엔 분명, 먹은 것이다. 유혜정도 공감을 표했다.

그렇다면?

이유는 무엇일까? 판타지소설이나 영화처럼 신비한 물질이나 힘이 존재하는 것도 아닌 묘역. 거리도 지척이니 장소 때문에 그럴 리는 없었다.

"혹시?"

골똘하던 최아선이 고개를 갸웃거렸다.

"왜? 뭐 짚이는 거라도 있어?"

유혜정이 물었다.

"조금… 외국시장 개척하고 돌아왔을 때 아버님 묘역이 조금 이상했거든."

"어떻게?"

"묘지가 조금 변한 느낌? 하지만 오랜만에 돌아오는 바람에 관리를 못 해서 그런가 보다 하고 넘어갔었어."

"그럼 누가 네 아버지 묘지에 손을 댔다는 거야?"

"알아봐야겠어."

최아선의 눈이 파랗게 타올랐다.

덕분에 민규는 서울로 돌아오지 못했다. 일이 이렇게 된 이상 결과를 봐야 했다.

최아선의 집에서 쪽잠을 잔 민규, 이른 아침부터 두 여자의 뒤를 따랐다. 최아선은 관리 사무소를 알고 있었다.

하나둘 이장이 시작되면서 관리가 허술해진 공동묘지. 관리인은 일용직으로 일하는 사람이었다. 해가 뜨지만 관리인은 아직 출근하지 않았다. 관리소 부근은 엉망이었다. 소주병이 나뒹굴고 쓰레기통에는 날파리가 가득했다. 8시가 넘자 관리인이 나타났다.

"미요?"

관리인이 어정어정 다가왔다. 장화 차림에 빨간 코, 어젯밤에 과음을 했는지 아직도 술기운이 남아 있었다.

"저 위쪽 382번 묘지 가족이에요."

"382번?"

관리인의 시선이 벽에 걸린 낡은 관리 지도를 더듬었다. 그 손이 지도를 짚어가다 격하게 멈췄다. 동시에 그의 시선도 출 렁 흔들렸다.

"우리 아버지하고 어머니가 나란히 묻혀 계신데⋯ 2, 3년 전 에 말이에요, 그 무덤에 무슨 일 있었죠?"

최아선의 돌직구가 날아갔다.

"무, 무슨 일이요?"

관리인의 목소리가 흔들렸다. 느닷없이 등장한 최아선과 두 사람. 숨 돌릴 틈도 없이 돌직구를 날리니 당황한 표정이었다.

"무덤에 문제 있었죠? 위쪽 무덤하고 아래 무덤하고?"

민규도 돌직구 투척에 동참했다. 주춤 뒤로 물러서던 관리 인, 뭔가에 걸리며 주저앉고 말았다.

"유실 사고라도 났었나요?"

감을 잡은 민규가 더 강하게 닦아세웠다.

"그, 그게⋯⋯."

"아래쪽 분이 위쪽으로 갔어요. 아닙니까?"

"아이쿠야."

관리인은 아예 그 자리에 뻗어버렸다. 얼굴에는 핏기 하나 보이지 않았다.

마비탕을 소환해 먹였다. 이유를 알아야 하기에 베푸는 친 절이었다.

"다 알고 왔으니 경찰 부르기 전에 솔직히 말하세요."

약을 친 민규가 이실직고를 재촉했다.

"장가 놈이 찌른 거요?"

장가?

자백이 나오기 시작했다.

"뭐든 상관없어요. 빨리 사실대로나 말하세요. 요즘 유골 DNA 검사하면 다 나오는 거 몰라요?"

"어휴, 내가 그놈 장가 말을 듣지 말았어야 했는데……."

관리인의 한숨이 땅을 파고 들어갔다.

"그게 말이우……."

관리인의 자백이 시작되었다. 최아선이 외국에 나가 있던 때가 맞았다. 그때 그 묘역의 바로 아래쪽에서 이장 작업이 있었다. 경사가 심해 장비 대신 인부가 동원된 작업이었다. 유골이 수습되었을 때 비가 내리기 시작했다. 유족은 인부들 일당을 치르고 먼저 떠났다. 이장할 납골당의 문 닫을 시간이 임박한 까닭이었다.

"자자, 비닐로 덮어두고 내려갔다가 내일 비 그치면 와서 하자고. 이거 질컥거려서 진도 안 나가. 난리가 쳐들어오는 것도 아니고……."

인부를 모아 온 장가가 선동을 했다. 그 저녁에 사달이 나고 말았다. 비가 그치지 않으면서 파헤친 묘지의 지반이 약해졌다. 결국 위쪽 지반이 무너진 것. 그게 바로 최아선 아버지의 묘역. 그 무덤이 무너지자 그 위쪽의 무덤까지 함께 무너지는 도미노가 연출되었다.

퇴근 직전 순찰을 나갔던 관리인이 그걸 발견하고 당장 장가에게 전화를 걸었다. 그제야 술판에 있던 장가가 부랴부랴 달려왔다.

"……!"

장가 역시 넋이 빠지고 말았다. 무너진 두 개의 무덤. 둘 다 오래된 것이라 유골이 튀어나와 섞여 있었다.

절대 비밀.

장가가 딜을 날렸다. 둘은 아는 사이였다. 장가는 관리인의 책임까지도 거론하며 공범으로 끌어들였다. 위쪽 묘지는 수십 년째 가족이 오지 않는 묘지, 아래쪽도 2년 넘게 발길이 끊긴 묘지. 관리인은 장가의 딜을 받아들였다. 눈감아주는 대가로 50만 원을 받았다.

유골이 바뀐 건 실수였다. 유골부터 수습하고 묘지 정비에 들어간 두 사람, 긴장을 달래기 위해 소주를 빨며 작업을 했다. 그때 유골 자루가 바뀌었다. 덕분에 최아선 아버지의 유골을 위에다 묻고, 그 묘지의 유골을 아래에 묻은 것. 민규의 짐작대로 유골이 바뀌어 버린 것이다.

"이런 나쁜 인간!"

짝!

최아선의 손이 바람을 갈랐다. 관리인의 뺨에 따귀가 작렬했다.

"잘못했습니다. 한 번만 용서해 주세요. 일부러 그런 게 아니었습니다."

그제야 술이 깬 관리인이 무릎을 꿇고 빌었다.

최아선은 그냥 넘어가지 않았다. 관리인의 조인트를 깐 그녀, 그길로 경찰을 불렀다. 그동안 겪은 마음고생을 생각하니 봐줄 수가 없었다. 게다가 수습 과정에서 유골이 섞였을 수도 있는 일이었다.

"이 셰프님."

경찰이 관리인을 연행하자 최아선이 민규를 바라보았다.

"예."

"큰 신세를 졌네요. 셰프님이 아니면 이런 일이 있었는지도 모른 채……."

"……."

"그래서 아버님이 화가 난 거였군요. 이해가 돼요. 유골이 바뀐 묘지… 그것도 모르고 있었으니……."

"아무튼 원인이 밝혀져서 다행이네요."

"그렇고말고요. 이제 아버님도 화가 풀렸을 것 같아요."

최아선의 얼굴에 미소가 돌았다.

"저는 뭐라고 할 말이 없네요. 제수 음식에는 대한민국 최고라고 생각했는데 이 셰프님 앞에서는……."

유혜정이 얼굴을 붉혔다. 두 절친의 어깨 뒤로 넘어오는 아침 햇살이 좋았다.

"형!"

오후가 되었을 즈음, 종규 목소리에 눈을 떴다. 밤샘 피로 때문에 곯아떨어졌던 모양이었다.

"아흠, 몇 시냐?"

"오후 4시, 차 사장님 오셨어."

"어? 그래?"

눈을 비비고 마당으로 나왔다. 거기 차만술이 있었다.

"낮잠 잤어? 내가 괜히 방해한 건가?"

"아니, 괜찮습니다."

"이거……."

차만술이 카드 봉투를 내밀었다. 개업 초대장이었다.

"우와, 드디어 메뉴가 장착되었어요?"

"민규에 비하면 어림도 없지만 내 주제가 있잖아? 여기 저기 평을 들어봤더니 기본은 되는 것 같아서 일단 시작하려고. 그래서 이 셰프에게 제일 먼저 주는 거야."

"영광인데요?"

"저녁 때 오픈할 건데 바쁘면 오지 않아도 돼. 그래도 그냥 알리고 싶었어."

"아닙니다. 닥치고 갑니다. 아셨죠?"

"고마워."

"축하합니다."

민규가 손을 내밀었다. 차만술은 얼굴을 붉히며 그 손을 잡았다. 손에서는 아직도 기름 냄새가 났다. 요리를 하다가 내려왔다. 전에는 그저 손님 머릿수 계산이나 하던 차만술. 그도 이제 다시 셰프로 돌아가 있었다.

"개업식 한다고?"

차를 가져온 종규가 물었다.

"그런단다. 준비가 끝났나 봐."

민규가 차를 집어 들었다.

"어때?"

"산수유오미자차?"

"으아, 귀신. 색깔 좀 내려고 오미자 약간 섞었는데……."

"당연하지. 형이 귀신 만나고 온 지 얼마나 됐다고……."

"진짜 그 귀신도 형 요리를 먹었어? 엄마 아빠처럼?"

"그래. 그나저나 오미자 양이 많다. 조금 적게 들어갔으면 향이 더 좋았을 텐데……."

"다른 건?"

"괜찮은데?"

"흐음, 그렇지? 이게 자격증 있는 요리사가 만든 거거든. 그것도 두 개나."

"자격증?"

찻잔을 든 채 민규가 고개를 들었다.

"나 합격했어. 일식하고 한식, 짜자잔!"

종규가 합격자 발표 화면 샷을 보여주었다.

이종규.

합격자란에 당당하게 이름이 있었다.

"너… 그럼 저번 낮에 나갔던 게?"

"응. 재희만 붙고 떨어지니까 쪽팔려서 견딜 수가 있어야지. 그래서 아예 두 개에 도전했어. 잘했지?"

"으악, 이 자식… 그런데 말도 안 하고……"

종규 머리에 헤드록을 걸고 알밤을 먹일 때였다. 민규 전화가 요란하게 울렸다. 최아선이었다.

ㅡ셰프님.

"어, 최사장님."

ㅡ잘 들어가셨어요? 저 때문에 피곤하죠?

"아니, 괜찮습니다."

ㅡ저, 실은 방금 선잠을 자다 아버님 꿈을 꿨어요.

"그래요?"

ㅡ아버님이 오랜만에 입맛에 맞게 포식을 했다고 좋아하셨어요. 안 그래도 짭조름한 밤죽에 마전병이 먹고 싶었다면서……

"그렇군요."

—고맙습니다. 성의로 출장 요리비 조금 입금했으니 받아주시면 고맙겠어요.

"그러지 않으셔도 됩니다. 그거 유 선생님하고 한 약속이었거든요."

—안 돼요. 저는 이미 송금했어요. 다음에 셰프님 식당에 한번 갈 테니 그때도 맛난 요리 부탁해요.

그녀의 전화는 거기까지였다. 송금은 500만 원이었다. 간단한 제수에 500만 원. 좀 과했다. 하지만 최아선의 깊은 근심병을 지워준 치료비로 생각하면 그리 큰돈도 아니었다.

"종규야, 나갈 준비하자."

안을 향해 소리쳤다.

"어딜? 차 사장님네 개업식 간다고 약속했잖아?"

"아직 시간 멀었잖아? 내 동생이 자격증을 두 개나 땄다는데 그냥 넘어갈 수 있나? 모처럼 외식 좀 하자."

민규가 차 키를 집어 들었다.

"어, 여기는?"

차에서 내린 종규 누이 휘둥그레졌다. 가파 때문이었다.

사찰요리전문 화연.

"장광 거사님 가게다."

"여, 여긴 비싸잖아?"

"그러는 우리는?"

"에헷, 그런가? 예약은 한 거야?"

"그래. 카운터에 가서 확인해라. 방 배정해 줄 거다."

"형은?"

"일단 가보기나 해."

민규가 종규 등을 밀었다. 안으로 다녀온 종규가 소리쳤다.

"그런데 왜 넷이야?"

"우리 가게 식구가 넷이잖냐? 기왕 회식할 거면 같이 해야지."

"재희하고 할머니도 오시는 거야?"

"벌써 왔네?"

민규가 도로를 보았다. 택시에서 재희와 할머니가 내리고 있었다.

"아이고, 뭘 나까정……."

배정받은 매화방에 앉자 할머니가 미안한 표정을 지었다.

"그럼 할머니 빼고 누가 와요? 할머니가 우리 가게 제일 어른이신데……."

"말본새도 어찌 저리 곱노? 이까짓 늙은이가 무슨 대수라고……."

"우리 부셰프가 한식, 일식조리사 자격증을 땄대요. 지난번에 재희 때도 그냥 넘어가고 해서 한 방에 처리하려고요."

"어, 오빠, 붙었구나?"

재희 눈빛이 발딱 일어섰다. 그녀도 모르고 있었던 모양이었다.

"예, 선배님."

종규가 답했다.

"선배?"

"나보다 먼저 붙었으니까 선배지. 초빛 주방에서는 내가 선배지만……."

"아유, 저 내숭… 저러면서 표시도 안 내고……."

"미안, 또 떨어지면 어쩔까 싶어서 그랬다. 그런데 마음을 비우니까 다 붙어버리네."

"지난번 일식은 튀김 기름 온도를 못 맞췄다며? 운이 없어서 그런 거지."

"그거야 핑계지. 기름 팬을 2인 1조로 쓰랄 줄 누가 알았겠어? 옆자리 인간이 온도를 확 올려놓는 바람에……."

"아무튼 축하해. 덕분에 이런 데도 와보고 좋다."

재희가 두리번거릴 때 장광이 들어섰다.

"이어, 이 셰프. 이거 대한민국 국대 셰프가 이런 누추한 데를 다 찾아주시고……."

"별말씀을요, 일은 잘되시나요?"

"잘되다마다. 그때 서울광장 다녀온 후로 통일국수가 대박이 났어. 그래서 아예 특허출원까지 해버렸지."

"다행이네요."

"그래도 섭섭해. 그냥 오면 되지, 왜 다른 사람 이름으로 예약이야? 하마터면 못 알아볼 뻔했잖아?"

"오늘이 저희 가게 쉬는 날이라 동생이 일식 한식 자격증 딴 거 한턱 쏘려고 오게 되었어요. 그냥 다녀가려고 했는데⋯⋯."

"어허, 이거 무슨 소리? 그렇잖아도 유 선생님한테 전화도 받았는데."

"전화요?"

"어제 귀신들에게 한 테이블 제대로 차려주셨다면서? 우리 유 선생님 말이 종가 종부 수십 년에 귀신이 제사 음식 먹는 건 처음 보았다고 혀를 내두르더라고."

"그거야 우연히⋯⋯."

"데끼, 그게 무슨 우연? 다른 요리사라면 우연이지만 우리이 셰프는 우연이 아니에요. 그나저나 뭐 해줄까? 오늘은 내가 기분으로 쏜다. 뭐든지 주문만 하라고."

"어, 그러시면 안 되죠."

"안 되긴 뭐가 안 돼? 이 셰프 덕분에 통일국수가 떠서 특허까지 신청했는데 보답 좀 하면 안 돼? 귀신도 챙기는 사람이 산 사람 기분 좀 못 챙겨?"

"그, 그건⋯⋯."

"알았으면 신청, 아니면 문, 밖에서 잠가 버릴 거야."

장광이 엄포를 놓았다. 보아하니 그냥 하는 말은 아닌 것. 별수 없이 대표 음식 몇 가지를 주문하게 되었다.

―오미자홍시스무디

―수삼흑임자즙

―복령두부찜

―하수오죽순볶음

―약선떡과 대추설기

―곶감말이

―세 가지 오미자양갱

―감비차

"어때? 그럴듯해?"

차를 빼고도 무려 일곱 가지 요리를 내온 장광이 물었다.

"황홀하네요. 천상만찬에 온 기분입니다."

민규가 답했다.

"모양만 그렇지 맛은 없어. 이 셰프처럼 몸에 좋은 약수까지 다룰 줄 알면 더 좋을 텐데 말이야."

"이 정도만 해도 분에 넘칩니다. 괜히 민폐를 끼치는 것 같습니다."

"무슨 소리야? 다 먹고 더 시키라고. 만약 남기면 진짜 집에 안 보낼 줄 알아. 그럼 나는 금융기관 부서장들 예약이 있어서……."

"그러세요."

민규가 일어나 장광을 보냈다.

"에라, 모르겠다. 이럴 때는 눈 딱 감고 먹는 거지?"

"아마!"

민규 말에 종규가 화답했다.

네 사람의 미식이 허기를 채우기 시작했다. 종규와 재희는 먹으면서도 요리를 비교하느라 바빴다. 민규가 의도하던 일이 었다. 좋은 요리사가 되려면 좋은 요리를 많이 봐야 한다. 민규의 요리가 제아무리 훌륭하대도 한 가지만 해서는 깨우침에 한계가 있었다.

내친김에 차만술의 개업식에도 참가했다. 화환도 큰 것으로 주문했다. 다행히 손님도 많았다. 이유가 나왔다.

차만술 사장.

특이한 개업식 전략을 짰다. 그동안 자신이 관리하던 단골들에게 일일이 샘플 민속전과 약주를 보낸 것이다. 이미 이미지를 버린 몸. 그렇기에 '맛'으로 평가받겠다는 돌직구 신념이 었다. 한편으로는 자신감이었다. 민속전에 맛이 없다면 엄두도 못 냈을 일이었다.

"아이고, 이 셰프!"

바쁜 중에도 차만술이 반색을 했다. 게다가…….

"여러분, 여기 좀 봐주십시오. 여기 이분이 바로 저 유명한 궁중요리, 약선요리의 지존 이민규 셰프입니다. 저보다는 천배쯤 막강한 내공의 소유자이신데 나이는 어려도 제가 스승으로 모시고 있습니다."

돌발!

차만술의 만행(?)이었다.

"오, 맞네? 그 젊은 셰프?"

"이야, 어쩐지 음식 맛이 기똥차게 변했더라니……."

여기저기서 좋은 말이 나왔다.

"아, 사장님도 낯 뜨겁게……."

구석에 앉은 민규가 우정 어린 핀잔을 주었다.

"스승을 스승이라고 하는데 뭐가 잘못이야? 꽃도 고맙고 왕림해 주신 것도 고맙습니다, 스승님."

차만술이 너스레를 떨었다. 악의가 없는 너스레는 보기에도 좋았다.

"차 사장님, 쩐다. 진짜 사람 됐네. 그치?"

"그러게."

"암만, 역시 약포에서는 약내 나고 똥포에서는 똥내 난다더니……."

할머니도 흐뭇한 마음에 무릎을 쳤다.

"무슨 말이에요?"

종규가 뜻을 물었다.

"민규 얘기 아니냐? 차만술이 민규 인품에 물든 거지. 살다 보니 이런 날도 다 있네."

"하긴 어떻게 보면 감동 스토리네. 사람도 개과천선, 요리

맛도 개과천선……."

종규 말을 듣는 순간 민규 머리에 피디들이 스쳐 갔다. 어쩌면 좋은 소재가 될 것도 같았다. 새 출발을 하는 차만술에게도 도움이 될 것 같았다.

손병기 피디에게 전화를 걸었다. 민규로부터 사연을 들은 손병기, 동기 피디가 진행하는 프로그램과 연결해 기자와 리포터를 보내주었다.

"어억, 민속전 취재를 나왔다고요?"

차만술이 뒤집어졌다.

"차 사장님 파이팅."

민규 형제에 재희, 할머니까지 더해 힘을 실어주었다. 차만술의 눈에 글썽이는 눈물은 보지 않았다.

대박 나세요.

꼭.

이번에는 요령이 아니라 실력으로.

단지 그 말만 중얼거렸을 뿐.

5. 민어의 품격

　자연의 숨결을 요리하는 약선요리사 이민규 셰프.
　그의 특별한 약수 비법을 더해 탄생한 초정 약선죽 시리즈.
　당신의 식단에 건강을 세팅해 드립니다. 육성식품.

　민규의 얼굴을 단 약선죽이 시판되었다. 민규의 CF도 전격
공개 되었다, 양경조 회장의 승부수였다. 세대별 2만여 명의
시식을 바탕으로 확보한 데이터. 작은 흠도 지워냈으니 식탁
의 혁명을 기대하고 있었다.
　화면에 민규가 나왔다. 대령숙수 복장으로 약선죽에 몰입
하는 표정이었다. 민규도 놀랐다. 언제 저런 표정을 지었을까?

조금 쑥스럽기도 했지만 진지와 몰입의 끝판왕이었다.

"셰프님, 너무 멋져요."

재희는 두 손을 모은 채 어쩔 줄 몰라 했다.

"아이고, 딸 있으면 사위 삼으면 최고인디……."

할머니도 앙상한 손으로 테이블을 두드린다.

"……"

종규는 침묵이었다. 그는 눈으로 말하고 있었다.

우리 형…….

우리 형이야.

나하고 재희를 살려준…….

그러니까…….

누구도 넘보지 말라고.

우리 형이거든.

"종규야."

민규가 넌지시 말문을 열었다.

"응? 응!"

"너무 비장하지 마라. 너하고 재희도 머잖아 CF 찍을 테니까."

"으헷, 정말?"

"그럼. 차 사장님 봐라. 저 나이에도 도전하니까 먹히잖냐? 문제는 열정이지."

"하긴, 차 사장님네 가게도 사람 많이 가더라."

종규가 웃었다.

다음 날 아침, 차만술도 방송에 나왔다. 심기일전 오뚝이 정신으로 창조한 민속전 소개였다. 차만술의 민속전은 반응이 좋았다. 궁중요리에 약선, 거기에 경험까지 녹아든 까닭이었다.

―이 셰프, 나 첫날 260만 원 찍었어.

어젯밤의 전화였다. 민규가 올라가 약선차를 권하며 축하해 주었다. 피로를 쫙 풀어주는 열탕이었다.

―애들도 분위기 아는지 싱싱한데?

종규가 수족관을 보며 말했다. 수족관 안에는 진품 어종이 들어 있었다. 크기도 압도적이었다. 목화여고 88회의 리더 김순애의 특별 주문이었다.

주용길 의원 때문이었다. 지난번에 다녀간 주 의원, 당내 의견을 정리하고 구심점으로 부상했다. 차기 대권 경선에서도 가장 유리한 입지라는 평이 나오고 있었다. 그렇기에 김순애, 그에게 뭔가 특별한 걸 대접하고 싶어 했다.

"이 셰프님 요리야 다 특별하지만 그래도……."

김순애의 말이었다.

대권을 향해 출사표를 던진 정치인에게 특별한 요리.

뭐가 있을까?

고민할 때 지점장 방경환의 전화가 들어왔다.

―이 셰프님, 혹시 싱싱한 민어요리가 될까요?

'민어'라는 단어를 듣는 순간 머리에 불이 들어왔다. 대답을 미루고 이모부에게 전화를 때렸다. 이제 완전하게 재기한 해산물 도매업자 이모부. 그러면 제대로 된 민어를 구할 수 있을지도 몰랐다.

─우리 조카님 분부라면 내가 용왕님 모가지를 비틀어서라도 구해주지.

이모부의 대답은 시원했다. 그 전화가 밤에 왔다.

─아는 선장이 낚시로 건졌대. 아직 살아 있는데 피 빼서 보내줄까?

"제가 갑니다."

바로 출발을 했다. 어려운 부탁을 하고 민어만 쏙 받는 건 도리가 아니었다. 오랜만에 두 분 얼굴도 볼 생각이었다.

항구에서 건져 올린 망 안에 든 민어는 대물이었다. 방송국에서 박세가가 요리했던 민어, 민규가 사 오는 민어들도 좋았지만 펄떡거리는 대물과는 비교 불가의 포스였다.

"거의 14kg."

이모부 목에 힘이 들어갔다.

"서울 가져가면 죽을 텐데? 아무래도 피를 빼서 얼음에 재워 가는 게……."

이모부가 의견을 밝혔다. 하지만 민규 생각은 달랐다. 33 초 자연수는 폼으로 있던가? 이 일도 도전해 보고 싶은 민규였다.

벽해수.

민규가 믿는 구석이었다. 바다 한가운데의 물 아닌가? 벽해수 소환수에 민어를 넣었다. 민어는 본래 부레가 커서 바로 뒤집어진다. 하지만 이 민어는 뒤집어지지 않았다.

빙고!

민규가 내심 쾌재를 불렀다.

"희한하네?"

이모부 고개가 갸웃 돌아갔다.

이모네 집에서 간단한 요리를 했다. 생각 같아서는 민어를 잡고 싶었지만 예약된 터라 그럴 수 없었다.

그러니까 지금 초빛의 어항에서 유영하는 민어는 그 민어였다.

"진짜 민어를 준비했다고?"

김순애와 함께 달려온 주용길 의원은 긴가민가한 쪽이었다. 어항을 보여주자 비로소 수긍을 했다. 귀한 생선이라며 지인까지 불렀다. 김순애는 기꺼이 그 요청을 받았다.

방경환 지점장도 왔다. 이번에도 은행장을 수행하고 있었다. 같은 시간대에 예약한 외국인 세 명에게도 민어요리를 권했다. 14kg이니 10여 명이 먹어도 모자라지 않았다.

"에이, 살아 있는 민어라니? 짝퉁 아니면 점성어겠지?"

차에서 내린 곽용길 의원의 지인은 고개부터 저었다. 그는 민어 마니아였다. 목포에서 유명한 민어집에 단골로 다녔다. 하지만 어항 속에서 유유하게 헤엄치는 민어를 보고는 한마디로 말했다.

"맞네."

민어!

족보 있는 생선이다. 여름에 먹으면 보약이 따로 없다. 정약
전의 자산어보에도 상세 묘사가 나온다.

비늘과 입이 크고 맛은 담담하면서도 달아서 날것으로 먹으나
익혀 먹으나 다 좋고, 말린 것은 더욱 몸에 좋다.

세밀하다. 이렇게 세밀하게 기록한 생선은 자산어보에도 많
지 않았다.

곽용길 의원의 지인이 한 말은 사실이었다. 민어는 산지가
아니면 어항에서 유영할 수 없다. 유영을 한다고 해도 잠깐뿐
이다. 더러 낚시로 잡은 민어들이 수족관에 들어가지만 바로
배를 드러내고 누워버린다. 부레 때문에 바다 밖에서 오래 살
수 없었다.

"암놈인가 수놈인가?"

지인이 물었다. 과연 민어를 아는 사람이었다.

"수놈입니다."

민규가 답했다.

"허헛, 이거 완전히 로또 당첨이군. 살아 있는 민어에 수놈
이라니. 이런 대물은 15년 전에 선상 낚시 한번 따라갔다가 언

어먹고는 처음이군."

지인의 입은 귀에서 내려오지 않았다.

민어요리에 착수했다. 민어는 어떻게 먹어도 맛이 좋다. 그러나 이런 활어라면 단연코 회였다. 벗긴 껍질은 초자연수로 데쳐냈다. 껍질은 별미 중에서도 별미에 속한다. 이 껍질에 윤기가 좌르르 흐르는 밥을 싸 간장에 찍어 먹으면 천국이 따로 없을 정도였다.

다음 주자는 부레다. 이건 씹을수록 고소함이 폭발한다. 쫄깃함이 최상급이라 조금 오래 씹어야 하지만 입에 착착 달라붙는다. 이 맛은 아무나 향유할 수 있는 게 아니었다. 여기에 뽈살도 곁들여주었다. 이 또한 별미 중의 별미였다.

하지만, 이 세 환상을 밀어내는 주인공이 또 있었다.

이름하여 삼겹살!

응?

자연산 민어에 무슨 삼겹살이냐고? 물론 우리가 아는 꿀꿀이의 삼겹이 아니었다. 많은 생선들이 수컷보다 암놈을 쳐주지만 민어는 달랐다. 민어는 수놈이다. 가격도 수놈이 더 비싸다. 도치처럼 알이 빵빵하게 들은 게 아닌데도 그렇다

수놈에는 암놈에게 없는 '맛의 보고'가 있다. 내장이 그 보물 창고다. 자세히 보면 내장 옆에 붙은 덧살이 보인다. 민어 전문 상인들이 삼겹살로 부르는 맛의 정수였다.

—부레와 삼겹살을 곁들인 민어회.

—궁중삼색민어전.

—궁중민어어만두.

—약선민어껍질쌈.

—약선민어초무침.

—궁중민어지리탕.

민어 하나로 여섯 가지 요리를 만들었다. 싱싱하기 이를 데 없으니 회는 마치 진달래꽃처럼 연분홍빛이 돌았다. 부레와 삼겹살 등의 감동은 보너스였다.

민어는 얌전히 칼을 받았다.

뱃살과 부레는 벽해수 소환수를 끓여 3초간 입수시켰다가 꺼냈다. 조직 안의 기름을 녹여 풍미를 더하려는 생각이었다. 기름기 부위를 써니 칼이 직각으로 들어갔음에도 두툼하게 잘렸다. 암놈은 넘볼 수 없는 수놈만의 존엄이었다. 색깔도 암놈에 비해 더 붉었다.

해초를 곁들인 삼색민어전은 깔끔하기 그지없었다. 검은 해초와 붉은 해초, 초록 해초는 바다에서 갓 건진 듯 짭조름, 거기에 어우러지는 민어의 살 맛은 차마 묘사하기도 어려웠다.

어만두는 또 어떤가? 이거야말로 왕의 만두였다. 살갑게 떠낸 포 덕분에 모양도 제대로 나왔다. 그 접시에 세 가지 해초 볶음을 담아내니 장식도 필요 없었다. 이모부가 싸준 싱싱한 해초들은 민어요리 부각에 일등 공신이 되고 있었다.

쌈장과 초장을 더해 세팅을 했다. 외국인들에게는 초무침

대신 불 맛 입힌 구이를 주었고 매실 발효액으로 만든 쌈장에
간장을 곁들여 주었다.

"아아아, 이 두께감이 주는 품격과 위엄……."

주용길의 지인은 집어 든 회를 차마 먹지 못했다. 젓가락에
집힌 살은 탱탱한 찰고무처럼 탄력이 넘쳤다.

"남의 살인데도 내 살처럼 친화적이군. 입안을 터뜨릴 것
같은 풍미라니……."

"뱃살의 쫀득함은 소리까지 청량하네요."

"부레 맛 좀 봐. 입안이 달달한 감로천으로 바뀐 것 같아."

테이블마다 감탄사가 쏟아졌다. 김순애도, 주용길도, 그 지
인도… 방경환과 은행장, 심지어는 외국인 손님들조차 맛의
충격에서 헤어나지 못했다.

회 다음에는 민어전이 꼽힌다. 살살 녹는다는 말은 여기가
출발인지도 몰랐다. 민어전을 먹어보면 다른 맛에는 차마 그
런 말을 붙이지 못한다.

"우와."

"히야! 이 맛 폭풍……."

세 테이블의 감탄은 멈추지 않았다.

"민어껍질쌈도 예술이네요. 탱글한 밥알에 민어껍질의 담백
함이란……."

김순애는 손도 입도 멈추지를 못했다.

"옛날에 민어껍질에 맛 들이면 가산을 탕진한다는 말도 있

었습니다."

설명하던 민규가 웃었다.

"그런데 셰프."

민어지리탕을 뜨던 주용길의 지인이 민규를 바라보았다.

"말씀하시죠."

"지리 시원하기가 폭포 못지않군요. 잡내라고는 하나도 없는 데다 아까 먹은 민어 부위의 맛이 고스란히 우러난 것 같습니다."

"고맙습니다."

"그나저나 신기술이 개발된 거요? 민어 말입니다. 임자도가 가까운 목포나 신안 같은 데서는 더러 보았지만 서울의 수족관에서 헤엄치는 민어라니? 제트기로 실어 온 것도 아닐 테고……"

"제가 약수를 좀 다루는데 바다 한가운데의 물 성분을 만들었더니 다행히……"

"허어, 그거 특허 내시오. 민어가 오면 나한테 연락도 좀 하시고……"

"알겠습니다."

"아무튼 우리 주 의원님, 이 셰프하고 궁합이 잘 맞는 거 같아요. 지난번 여기서 회동하신 건도 잘되었다고 하시고……"

김순애가 웃었다.

다음 호출은 외국인들이었다. 둘은 한국어에 서툴러 영어를 썼다. 그들은 초자연수 세트와 궁중요리들, 민어요리에 대해 관심이 깊었다. 요리에 대한 예의가 발랐다. 척 봐도 둘은 미식가였다. 그렇기에 묻는 것도 많고 수준도 높았다.

"원더풀!"

첫 반응은 요리 세팅이었다. 접시마다 딸려 나온 꽃 조각과 채소 조각. 오늘은 민어요리 주제에 맞춰 당근과 수박 껍질로 용궁을 조각해 놓았다. 거기 놓인 각양각색의 물고기 조각은 절육 기법의 절정이었다.

"식용 가능합니까?"

흰 마로 만든 문어 조각을 보며 물었다.

"물론이죠."

민규가 답했다.

초빛의 요리 철학에 대한 질문까지 나왔다. 주로 묻는 사람은 40대의 에밍거였다.

자연의 맛, 건강한 맛, 본래의 맛.

민규는 세 가지 대답을 내주었다. 철학이라고 할 정도로 거창한 건 아니었지만 묻기에 답을 한 것이다.

"이 약수는 어디서 가져옵니까? 한국의 다른 식당들도 이런 약수를 쓰나요?"

미식가로 보이는 둘은 초자연수에도 관심이 많았다.

"한 가지 정도의 약수를 쓰는 식당은 꽤 있습니다."

"이걸 요리의 한 메뉴로 넣은 이유를 알 수 있을까요?"

"요리란 오미로 오감을 즐겁게 하고 오장을 돕는 거라고 생각합니다. 이 물들은 맛이 서로 다르며 서로 다른 작용을 합니다. 식재료로 치자면 물에 따라 비타민, 단백질, 식이섬유처럼 각기 다른 역할과 효능을 가지고 있는 거죠."

"그런 약수는 흔하지 않습니다만……."

"맞습니다. 하지만 저는 물의 특성과 제 기를 합쳐 만들어 냅니다."

"기라고 하면 동양적인 주술 같아서 입증이 어려운 것으로 압니다만."

"제 약수를 마시기 전에는 다들 그렇게 말씀하시죠. 여기 이 물들은 세 분의 체질에 맞춘 세팅입니다. 선생님의 경우에는 열탕이 주제인데 이걸 마시면 나른하고 찌뿌둥한 몸에 활력이 돌며 몸이 가벼워지는 걸 느끼게 될 겁니다."

"설마?"

"드셔보시죠."

민규가 물을 권했다. 에밍거가 열탕 잔을 잡았다. 열탕은 뜨거운 물에 속한다. 천천히 비워냈다. 마지막 한 모금을 넘기던 그의 눈이 휘둥그레졌다. 오장육부가 후끈한가 싶더니 어느새 몸이 가뜬해진 것이다.

"맙소사."

에밍거는 감탄을 금치 못했다.

"그럼 셰프께서 만드는 약수의 종류는 얼마나 되나요?"

그의 질문이 이어졌다.

"서른세 가지가 가능하지만 주로 쓰는 건 그 절반 정도 됩니다."

"오, 서른세 가지? 그걸 다 맛볼 수 있나요?"

"안 됩니다. 약수는 손님의 체질에 맞춰서 세팅하고 있거든요. 선생님은 양기 회복을 위해 열탕 중심, 옆 손님은 기운이 떨어져 마비탕이 포인트였습니다. 지금은 몸이 개운할 겁니다."

"……!"

두 외국인은 더 말을 잇지 못했다. 요리에 홀려 불편함을 잊었나 했던 두 사람. 알고 보니 민규의 초자연수 덕분이었다.

"과연 요리의 독립 메뉴로 놓을 만하군요."

외국인들은 혀를 내둘렀다.

"이 셰프님."

식사를 마친 김순애가 민규 손을 잡았다.

"최고였어요."

"고맙습니다."

"셰프님과 합작한 약선죽 광고도 잘 보았어요. 축하하고요, 납하면 그 죽을 사 먹도록 하겠습니다."

"고맙습니다."

민규는 거듭 감사를 표했다.

"잘 먹고 갑니다. 이 셰프님 가게는 올 때마다 감동이군요."

주용길의 테이블에 이어 방경환의 테이블도 극찬에 가까운 인사를 두고 떠났다. 외국인 테이블은 그때까지도 일어설 기미가 보이지 않았다. 배웅을 마친 민규가 돌아오자 그들이 민규를 불렀다.

"셰프."

민규가 다가갔다.

"이제 조금 한가하신가요?"

에밍거가 물었다. 대화를 주도하는 그는 매번 깔끔한 매너를 보였다.

"이제 저녁 예약을 준비하면 됩니다."

"그럼 잠깐 얘기 좀 할 수 있을까요?"

"요리에 불편한 게 있었나요?"

"아, 아닙니다. 실은……."

그는 잠시 일행을 돌아본 후에 말을 이어놓았다.

"우리는 미슐랭 별 수석 평가단입니다."

'미슐랭?'

민규가 고개를 들었다. 지난번 사기꾼이 떠오른 까닭이었다. 하지만 이내 그 생각을 지웠다. 이들의 태도는 사기꾼과 달랐다. 겸손하고, 차분하며 탐구적이었다.

"미슐랭의 별에 대해 어떻게 생각하십니까?"

에밍거가 온화한 미소로 물었다.

미슐랭의 별.

요리사들은 어떻게 생각할까? 많은 요리사들에게 미슐랭은 꿈의 상징일 수 있었다. 하지만 민규 입에서 나온 대답은 미련 없이 간단했다.

"생각해 본 적 없습니다."

"⋯⋯."

외국인들에게도 뜻밖의 대답이었을까? 테이블에는 잠시 따가운 침묵이 파닥거렸다.

"아핫, 역시 대단한 뚝심이군요. 그렇기에 이렇게 식재료 본연의 맛을 살리고 조선왕조의 고급 요리를 독창적으로 구현할 수 있는 것 같습니다."

에밍거가 박수를 쳐주었다.

"⋯⋯."

"셰프!"

에밍거의 목소리는 진지하게 변해 있었다. 민규를 잠시 응시하더니 마침내 본론을 이어놓았다.

"우리는 그동안 여러 사람들의 추천을 받았습니다. 코리아에 굉장한 셰프가 등장했다는 것 말입니다. 그의 궁중요리, 약선요리는 현대요리의 차원을 한 단계 높이는 요리의 근원이라는 평가디고요. 솔직히 저음에는 믿지 않았습니다."

"⋯⋯."

"하지만 믿지 않을 수 없는 분들의 코멘트까지 딸려 있었습니다. 그들은 우리 미슐랭의 스페셜 멤버이기도 하기에 미슐랭 역사상 이례적으로 개업 초기의 식당임에도 불구하고 여러 기회에 걸쳐 셰프의 요리 마인드와 요리 자체, 시스템 등을 면밀히 체크해 왔습니다."

'미슐랭이?'

"가격적인 측면에서는 다소 비싸다는 생각도 들었지만 만족도가 그걸 상쇄하고도 남더군요. 오늘 우리 최종 심사단이 현장 답사를 한 결과 그동안 올라온 추천과 평가가 과장이 아니라는 걸 알게 되었습니다. 요리와 그 요리를 대하는 셰프의 자세는 몹시 감동적이었습니다. 따라서 셰프의 식당은 이번 미슐랭 코리아판 별 후보에 등재될 것입니다."

"……."

"이상입니다. 본래 현장 통보는 하지 않는 게 원칙입니다만 우리 모두가 요리에 취하는 바람에 셰프에게 알려 드리고 싶었습니다. 미슐랭의 별 예약 자부심으로 더 좋은 요리를 해달라는 취지입니다. 그럼……."

말을 마친 에밍거가 일어섰다. 일행도 그를 따라 일어섰다. 그들은 해안을 바짝 밀고 들어왔던 밀물이 빠지듯 아련하게 물러났다.

민규 눈에 종규가 보였다. 재희도 보였다. 둘은 감격을 참지 못해 전율에 휩싸여 있었다.

미슐랭 별.

마침내 그 별이 민규의 요리를 비추었다. 별 위에 세 전생이 아련하게 겹쳐왔다.

이윤.

권필.

정진도.

각각의 머리에 별이 하나씩 빛났다.

에밍거 일행이 카운터를 나갈 때였다. 전생의 환상을 바라
보던 민규가 조용히 입을 열었다.

"Just moment, plz."

잠깐만요.

공손한 영어 한마디가 미슐랭 일행의 발걸음을 세웠다.

6. 미슐랭 별을 차다!

"죄송하지만……."

시선을 맞춘 민규가 에밍거에게 말을 이었다.

"제가 몇 개의 별을 받을 것 같습니까?"

"저도 죄송하지만 그건 기밀입니다."

에밍거가 정중하게 비껴갔다.

"그렇다면 당신의 사건은 어떤가요?"

"제 사건이라면……."

에밍거가 잠시 생각에 잠겼다. 주변의 시선이 몽땅 그에게 쏟아졌다. 그의 일행도, 종규와 재희의 눈망울까지도…….

'꿀꺽!'

종규는 마른침까지 거푸 삼키고 있었다.

"두 개 내지는 세 개로 봅니다만."

"업!"

종규가 신음을 토했다. 재빨리 입을 막았지만 어쩔 수 없었다. 재희가 종규를 한 걸음 뒤로 당겼다.

"두 개 아니면 세 개……."

민규가 그 말을 음미했다.

"첫 심사에서 그 정도라면 최상급 평가입니다. 아시겠지만 우리 미슐랭의 심사는 엄격하고도 까다로워서 별 하나도……."

별 셋.

적어도 둘.

다시 그 별 위에 세 전생이 겹쳐왔다.

요리의 아버지 이윤이었다.

고려 말 대령숙수의 기원을 이루는 권필이었다.

빈자들의 구원자였던 식치 정진도였다.

그들 셋의 능력에 별 셋.

이 정도면 만족할 수 있을까?

아니!

민규가 고개를 저었다. 턱없이 부족했다.

"미슐랭의 별은 사양하겠습니다."

민규가 답했다. 짧지만 단호했다.

"형, 웁!"

튀어 나가려는 종규를 또 재희가 막았다.

"쉬잇!"

그녀가 종규를 진정시켰다. 오빠, 이건 셰프님의 일이야. 오빠의 형이 아니라 대한민국 국대 셰프님. 그녀의 눈이 말하고 있었다. 종규는 비로소 멋대로 나대는 호흡을 가다듬었다.

"셰프, 다시 한번 말씀해 주시겠습니까?"

에밍거가 물었다.

"미슐랭의 별을 사양한다고 했습니다."

"우리의 별 지정을 사양한다고요?"

"예."

"믿기지 않는군요. 미슐랭의 별은 서로 받고 싶어 줄을 서는 판에……."

"꼭 그렇지는 않지요."

"……."

"10여 년 이전이었죠? 미슐랭 별 3개 레스토랑에서 2개로 격하되자 사냥총으로 자살한 프랑스 최고의 셰프 이야기……."

"그건……."

"얼마 전에는 또 다른 프랑스 절정의 셰프가 미슐랭 평가에서 제외해 달라는 요청을 했었고……."

"그건 극히 일부의 이야기입니다. 셰프들도 여러 타입이 있는데 그분들은 멘탈이 약해 압박감에 시달렸기 때문입니다."

"압박감이 아니라 성향이겠죠, 부드럽고 섬세한… 당신들의 별 평가에 들어가는 셰프의 덕목 아니었나요?"

"셰프… 고작 그런 이유라면 실망입니다. 세계의 미식가들에게 새로운 맛의 향연과 축복을 보여줄 의무를 저버리는 일이라고요."

"그 반대의 이유로 사양한 겁니다."

"반대?"

에밍거의 미간이 확 좁혀졌다.

"미슐랭 별 3개… 멋지군요. 사람들이 몰려들겠죠. 각국 사람들의 SNS에 제 식당이 나오고 제 요리와 제 모습이 나오고……."

"바로 그겁니다. 더 많은 사람들에게 요리의 참맛을 보여주는 것. 모든 셰프들의 소망이자 의무 아닙니까?"

"그럼 그다음은요? 별 3개가 되면 다음은 뭡니까?"

"셰프……."

"안주하게 되겠죠. 남들이 인정하는 최상. 그걸 유지하기 위해 올인 하겠죠. 유지 말입니다."

"……."

"미슐랭의 별 세 개 평가는 고맙습니다. 그러나 저는 별 세 개 셰프로 머물고 싶지 않습니다. 미슐랭의 별 3개 위에는 아무 것도 없지만 별 세 개를 거부하면 별 다섯 개, 열 개, 백 개의 요리를 향해 정진할 수 있습니다."

"······!"

에밍거의 각막에 난폭한 지진이 일었다. 수많은 식당을 돌아보았고 셰프를 만났지만 이런 말은 처음이었다. 미슐랭 별 세 개 위의 요리를 추구한다는 저 배포··· 압도되지 않을 수 없는 말이었다.

"모시게 되어 영광이었습니다."

민규가 90도로 허리를 숙였다. 받아들이지는 않았지만, 별 세 개까지 인정할 수 있다는 말에 대한 보답이었다.

"셰프······."

에밍거는 당혹스러웠다. 그러나 더 이상 말을 붙이지 못했다. 민규의 신념은 황홀한 요리만큼이나 넘볼 수 없는 존엄이 서려 있었다.

"이것 참······."

차량 앞에서도 한동안 초빛에서 눈을 떼지 못하는 에밍거.

"대단한데요? 가능하다면 별 다섯도 주고 싶은 셰프입니다."

동료가 말했다.

"별 다섯··· 하긴······."

에밍거는 공감했다. 민규의 요리는 인간이 왜, 어떻게 먹어야 하는지를 알려주고 있었다. 맛의 향연이 아니라 맛의 감동이었다. 맛의 향연을 펼치는 셰프는 지구 위에 많고 또 많았다. 그러나 그 요리들은 자고 나면 건강에 적이 될 것들이 많았다. 반면 민규의 요리는 먹는 그 순간에도, 또 그 내일에도 감동으로 남는 요리……

꼴깍!

생각만으로도 침이 넘어갔다.

에밍거가 웃었다. 별 세 개가 주어질 건 거의 확실했던 일. 그걸 내치는 젊은 셰프가 한없이 멋져 보였다. 더구나 말까지도 명언이었다. 미슐랭의 장점이자 한계이기도 한 별 세 개. 그렇기에 더러 천재적으로 별 다섯, 별 열 개 수준의 셰프가 나와도 세 개밖에 줄 수 없었다. 그들의 천재성에는 별 세 개가 족쇄가 될 수밖에 없었다. 민규는 그걸 뛰어넘은 것이다.

부릉!

차에 시동이 걸렸다. 후미등이 보이지 않을 때까지 차를 바라보는 건 종규였다. 두 눈에 격정의 눈물이 출렁거렸다. 그 어깨에 따뜻한 손길이 올라왔다.

"형."

"서운하냐?"

"왜 그랬대?"

돌아보는 종규 눈에서 눈물이 흘러내렸다.

"서운할 거 없다. 우린 이미 별 세 개 받은 거나 다름없으니까."

"하지만 다른 사람은 모르잖아?"

"다른 사람 누가 알아야 하는데?"

"그건······."

"종규야."

"응?"

"셰프가 되고 싶다고 했지?"

"응."

"그럼 딱 한 가지만 기억해라. 셰프는 사람을 위해 요리하지, 별을 위해 요리하지는 않아."

"······."

"손님을 모셔야지, 별을 모시면 되겠니?"

"형······."

"아무튼 형이 미슐랭 별 3개짜리 셰프급은 맞지?"

"당연하지."

"그럼 기운 차리고 별 다섯 개를 향해 가자. 그리고 나중에는 한 열 개쯤 되어야지. 지구상의 모든 셰프들이 고작 별 세개에 끔뻑 죽으면 좀 허무맹랑하지 않냐?"

"헤헷, 그건 그렇네?"

"자!"

민규가 손을 내밀었다. 종규 손이 바람을 가르며 하이 파이브를 작렬했다.

짜악!

싱그러운 소리가 허공으로 올라갔다. 그 허공에 아련한 오라가 보였다. 두 줄기 오라가 민규의 연못으로 내려왔다. 오라 속에서 두 메신저가 나왔다.

"이 인간, 볼수록 매력적인데?"

환생 메신저가 선명해졌다.

"그렇지? 넙죽 받아들일 줄 알았는데 말이야."

추임새를 넣는 주인공은 전생 메신저였다.

"하긴 이런 인간들이 많아야 우리도 꿀보람 느끼지. 그렇지 않으면 시스템이 이 이벤트 없애 버릴지도 몰라."

"맞아. 지난번 운명 총괄자 미팅에서도 그런 말이 나왔다고 하더라고. 인생 역전 프로그램의 지속 유무. 인간들에게도 운명 상승의 기회를 주자."

"그나저나 저 인간, 한편으로는 괘씸하기도 해."

"뭐가?"

"저 맛난 요리 말이야. 우리한테도 한 접시 올려도 됨 직하건만."

"품격에 안 맞게 먹는 거 타령이야? 나는 다른 쪽인데."

"다른 쪽?"

"이 친구 말이야. 어쩐지 이미 혜택을 받은 운명 수정 수혜자들과 접촉한 느낌이 나지 않아?"

"내가 보기엔 직접적인 건 없는데?"

"그런가?"

"만난들 어떻겠어? 운명궤도 수정으로 상승된 운을 받았으니 서로 도움을 주고받는 것도 나쁘지 않잖아?"

"내 말이 그 말이야. 아직 한 케이스도 보지 못했으니……."

"전생이 이 친구에게 뻑 간 모양이군. 아무튼 그만 가자고. 다음 인생 역전 당첨자 운명 수정 차례야."

"이번에는 대한민국 한강인가? 작전세력에 속아 집 대출까지 받아서 주식 샀다가 털리고 한강 다리로 올라간?"

"지금 한강 구조대가 건져서 병원으로 가고 있어. 서두르자고."

전생 메신저가 손바닥에 피어난 그림을 보며 말했다.

후웅!

두 메신저는 이내 연못을 떠났다. 종규와 함께 안으로 들어가던 민규가 연못을 돌아보았다.

"왜?"

종규가 물었다.

"응? 아니… 연못에 누가 있었던 것 같아서……."

민규의 시선은 연잎에 있었다. 메신저들이 머물던 자리에는 노랑나비 두 마리가 하늘거릴 뿐이었다.

〈궁슝요리의 신성, 미슐랭 별 심사를 사양하다〉
〈한국 요리계, 아쉬움과 동시에 자부심으로 평가〉

다음 날, 방송과 신문에 도배된 기사 타이틀이었다. 댓글이

천문학적으로 달렸음은 물론이었다.

"형!"

아침 죽 손님들이 몰려들 때 종규가 도마 옆에 신문을 내려 놓았다. 타이틀은 어제 요리한 민어만큼이나 큼지막했다.

미슐랭의 별 심사 사양.

이미 인지하고 있던 일이었다. 조짐은 어젯밤에 나타났다. 영업을 마치고 식재료 정리를 할 때 방송사에서 온 전화 때문이었다. 요리전문기자였다. 놀라운 것은 기사를 제보한 게 심사단 측이라는 사실이었다. 이름을 적시하지는 않았지만 짐작할 만한 일이었다.

─지금이라도 받아들일 의향은 없습니까?

미슐랭 심사단과 있었던 일, 요리에 대한 일 등을 확인하던 기자가 최후 질문을 해왔다.

"없습니다."

민규의 대답은 변하지 않았다.

─아쉽군요. 제보자와 통화를 해보니 셰프의 식당에는 별 3개가 내려갈 것 같던데, 그렇게 되면 한국 궁중요리의 세계화와 약선요리 인지도 상승에 도움이 될 일 아닐까요?

"그 말은 심사단에게 드린 말로 갈음하고 싶습니다."

민규는 더 할 말이 없었다.

─알겠습니다. 아무튼 대단하시네요.

기자와의 통화 내용이었다.

덕분에 오늘 아침, 약선죽 손님들의 인사는 한결같았다.

"어힉후, 미슐랭 별도 걷어차는 우리 약선요리사님."

더러는 아쉬움을 토로하는 분도 있었다.

"그냥 받지 그랬어?"

그때마다 민규는 미소로 답했다.

약선죽 러시아워가 지나자 전화가 줄을 잇기 시작했다. 이 규태 박사부터 김순애 여사, 장광거사에 유혜정 선생까지. 가장 놀라운 건 루이스 번하드의 전화였다.

—셰프!

그는 도쿄에 있었다. 목소리가 무척이나 가깝게 들렸다.

—소식을 들었습니다. 미슐랭의 별을 보기 좋게 걷어찼다고요?

"설마요, 제가 받을 능력이 없어 사양한 겁니다. 아마 루이스의 추천이 컸겠지요?"

민규가 물었다. 미슐랭의 별 선정에도 막강한 영향력을 미치는 루이스 번하드. 에밍거가 말한 추천인이 루이스 번하드가 아닐 수 없었다.

—제가 추천을 한 건 사실이지요. 하지만 사양할 거 짐작치 못했군요. 듣자 하니 별 세 개로 만족하고 싶지 않다고 하셨다면서요? 과연 이 셰프님입니다.

"앗, 어제 온 심사단과 통하시는군요?"

—안면은 있습니다. 전화가 왔더군요.

"하핫, 역시 그랬군요."

―하지만 나만 그런 게 아닙니다. 아이즈먼도 그렇고 우리 둘의 추천으로 다녀온 사람들도 한결같았습니다. 별이 없는 게 오히려 이상하다고.

"루이스."

―예, 셰프.

"언제 들르실 건가요?"

―마음 같아서는 당장에라도 날아가고 싶군요. 한국은 코 옆이니 비행기로 다녀오면 한나절이면 족할 것을……

"언제든 오세요. 당신의 테이블은 늘 비워둘 테니까요. 혹시 밤이 되면 제 연못을 자세히 보시기 바랍니다. 그 안에는 이미 많은 별이 떠 있으니까요."

―……

"그럼 다시 뵙기를 바랍니다."

통화를 끝냈다. 배후 인물은 역시 루이스 번하드였다. 조금은 미안했다. 물심양면 밀어준 보답을 걷어찬 셈이었다. 하지만 곧 잊었다. 식신급에 버금가는 세 전생의 능력을 받은 터에 미슐랭 별 셋에 안주하기는 싫었다.

덕분에 하루 종일 인터넷 검색어 상위권을 휩쓸었다. 덕분에 온종일 전화와 인사에 시달렸다. 그래도 나쁘지 않았다. '미슐랭'이나 '미슐랭 별 사양 셰프'보다 그 아래 포진한 검색어들 때문이었다.

궁중요리.

약선요리.

약선죽.

세 검색어 역시 뜨거웠다. 덕분에 궁중요리에 대한 관심이 높아졌고 약선요리 또한 그랬다. 더불어 양경조 회장이 출시한 약선죽 역시 엄청난 광고효과를 누리게 되었다. 양경조의 전화가 그걸 입증해 줬다. 오늘 오전 주문 대박이라는 전갈이었다. 우애가 회복된 형제답게 동생도 전화를 해왔다. 약선죽 개발을 육성그룹과 한 건 최상의 선택이 분명했다.

하지만!

미슐랭 별에 대한 사람들의 집착은 생각보다 깊고 넓었다. 영부인도 그중 한 사람이었다. 저녁 피크 타임 직전에 비서관을 보내왔다.

받아들였으면 좋았을 것을요.

비서관의 첫마디였다.

중국대사 부인 후밍위안 때문이었다. 곧 개최될 중국대사관 측의 외교민찬회. 영부인은 그 자리에 민규가 서기를 바랐다. 지리적으로 가까운 걸 이용해 늘 최고의 셰프를 초빙했던 후밍위안. 중국 셰프가 있는 자리에 민규를 함께 세워 한국요리의 정수를 보여주고 싶었다. 그러나 후밍위안은 지능적인

'뺏찌'를 놓았다.

"이번 만찬을 주관할 요리사가 중국 현대요리의 3인방으로 꼽히는 하오펑 셰프예요. 그 요리사의 국수를 먹으면 아픈 것도 잊는다 해서 약국수의 명인으로도 불리는데, 새로운 국수 요리의 영감을 찾느라 분주하기에 자신의 분신과도 같은 수제자를 보내겠다고 했으니 하오펑에 대한 예우 때문에라도 이민규 셰프를 초대할 수 없게 되었네요."

후밍위안의 말을 보좌관이 옮겨주었다.

"……"

민규는 반응하지 않았다. 지능적인 뺏찌가 맞았다.

"그 수제자의 요리는 영부인께서도 중국의 조어대, 즉 댜오이타이에서 경험한 적이 있습니다. 그 솜씨 또한 엄청나기에 구구하게 논쟁할 수 없었다고 합니다. 해서… 이번에 셰프께서 미슐랭의 별 세 개를 받았더라면 후밍위안이 받아들이지 않을 수 없었을 거라는 아쉬움을……."

"유감이군요."

"아닙니다. 그렇다고 해도 영부인의 관심은 여전하십니다. 후밍위안과의 만찬 관계는 그렇지만 강단 있는 선택이었다고 친서를 보내셨습니다."

비서관이 편지를 내밀었다.

비서관이 돌아가자 편지를 열었다.

지난한 요리의 길을 걸어가는 이 셰프의 모습이 늘 귀감입니다. 어려운 결정, 마음으로 지지합니다.

카드에 적힌 내용은 간단했다. 그제야 조금 미안한 생각이 들었다. 하지만 결정 자체를 후회하지는 않았다. 요리를 하는 한 영부인의 소망을 이루어줄 날이 올 거라는 사실을, 민규는 확신하고 있었다. 그리고… 그 소망의 조짐은 엉뚱한 곳에서, 매우 빨리 일어났다.

저녁 시간, 마지막 테이블의 예약 손님 둘이 들어왔다. 그중 한 명은 안면이 있었다. 그녀는 순차오의 중국 기업 한국지사장이었다. 지난번 황금 잉어를 가지고 왔던 그 사람이었다.

두 사람의 주문은 '궁중붕어찜'이었다. 그 이유가 민규에게는 충격이었다.

"창업주께서 잉어찜을 드시잖아요? 그분이 회사 복지와 대우를 잘해주는 까닭에 어려움 없이 업무에만 종사하고 있습니다. 그러니 존경의 뜻으로 잉어찜은 먹지 않고 대신 붕어찜을 시킨 겁니다."

"……!"

민규 척추에 한기가 맺혀왔다.

직원 주제에 회장이 먹는 요리를 먹지 마라.

갑질이다.

회장을 존경해 그분이 먹는 별식을 감히 흉내 내지 않는다.

권위다.

둘은 아주 다르다. 웬만큼 좋은 기업 문화가 아니고는 이런 일이 일어날 리 없었다. 이런 일은 주방에서도 본받아야 했다. 민어를 요리한 날, 민규도 그랬다. 민어에서 직원들에게 맛을 보여줄 부위를 남겨뒀었다. 손님용보다는 레벨이 떨어지는 부위들이었다. 먹는 것도 손님이 퇴장한 다음에 먹었다. 손님에 대한 공경심이 우선이었다. 기묘하게도 두 분위기가 겹치고 있었다.

"……!"

붕어찜을 먹던 지사장이 젓가락질을 멈췄다. 뼈 때문이었다. 손도 대지 않았는데 뼈가 없었다. 이 일은 민규의 정보 검색으로 알고 있던 사안이었다. 그럼에도 직접 경험하니 놀라울 수밖에 없었다. 흔적도 없이 뼈를 발라내다니, 그야말로 신기가 아닌가?

"최고였습니다."

식사를 마친 지사장이 공손히 말했다. 중국인은 대개 사성 언어로 인해 소리가 높은 편임에도 지사장의 목소리는 조용했다. 민규에게 예를 다하는 증거였다.

"셰프님."

물까지 마신 그녀가 민규를 바라보았다.

"예."

"오늘도 사실은 쑨빙빙 회장님의 특명으로 찾아뵙게 되었습니다."

'쑨빙빙 회장?'

"그분이 경영에 복귀하신 겁니까?"

"복귀까지는 아니지만 많이 좋아진 관계로 여러 의견을 내고 계시다고 합니다."

"다행이군요."

"모두 셰프님 덕분이지요. 아무튼 회장님이 셰프님께 영상을 보내왔습니다. 보시겠습니까?"

'영상?'

지사장이 노트북을 열었다. 키보드를 두드리자 영상이 열렸다.

쑨펑하이의 창업자 쑨빙빙 회장.

그는 휠체어에 있었다.

"안녕하시오? 한국의 이민규 셰프님."

쑨빙빙의 육성 중국어가 나왔다. 다행히 구강의 발음도 괜찮았다.

"아들 편에 보낸 잉어찜 고맙소. 덕분에 기력을 되찾았다오."

"......"

"내 전생에 잉어들에게 자비라도 베푼 것인지 두 번이나 목숨을 건졌다오. 이것만으로도 감사할 일이지만 인간의 욕심은 끝이 없는 법. 첫 번째 잉어는 젊은 날이라 그런지 부족함이 없었지만 이번 것은 노구의 낡은 몸을 다 세우기에는 조금 부족한 듯하오이다. 그러니 염치 불고하고 셰프에게 한 번 더 잉어찜을 요청하는 바입니다."

잉어찜 요청.

요점은 그것이었다. 그러나 그 요점에 방점이 있었다.

"두 번이나 생명의 은인이 되실 분인데 생전에 인사 한 번 못 하면 천추의 한이오, 몰염치의 극치가 될 것이니 수고스럽지만 중국에 와서 요리해 주시면 어떨까 합니다. 지난번은 의식이 없어 인사도 없이 받아먹었지만 두 번은 가당치도 않을 일. 노구에게 아직 정리할 일이 남아 명망 있는 중국 요리사들을 불렀지만 입에 맞지 않습니다. 기왕에 인연이 되었기에 염치없이 청하니 부디 수락해 주시길 앙망합니다."

영상 속의 쑨빙빙이 고개를 숙였다. 노구에 수십만 명의 직원을 거느린 기업의 총수답지 않은 겸허함이 엿보였다.

"방중 요청이군요?"

동영상이 멈추자 민규가 물었다.

"그렇습니다."

"제가 수락하지 않으면 돌아오지 말라는 지시도 있었습니까?"

"아닙니다. 이번에는 셰프님이 수락하지 않으셔도 절대 귀찮게 굴지 말라고 하셨습니다."

"지난번처럼 잉어찜을 중국으로 공수하면 안 되겠습니까?"

"죄송합니다. 이번 지시는 셰프님의 방중입니다."

방중!

지사장이 못을 박아버렸다.

"……"

"어려우시군요? 그냥 돌아가겠습니다."

지사장이 고개를 조아렸다. 그때까지도 민규의 시선은 노트북 화면에 있었다. 정지된 화면의 쑨빙빙. 요리로 맺어진 인연 때문인지 당기는 느낌이 있었다. 그런데… 자세히 보니 그보다 더 당기는 부분이 있었다. 쑨빙빙의 심장 쪽이었다.

심장…….

유독 괄목할 만하게 좋아졌다. 다른 오장육부들의 차도는 살짝, 그러나 심장은 저 홀로 우뚝.

'火는 金을 극하니…….'

화는 심장, 금은 폐장. 폐장의 정기를 바탕으로 하는 금형체질에는 적신호와 다르지 않았다. 위기. 차마 그냥 넘길 수 없었다.

"돌아오는 휴일에 시간을 내보겠습니다. 다만 오래 머물지는 못합니다."

"그래 주시겠습니까?"

지사장의 미간이 단숨에 펴졌다.

"시간만 말씀해 주십시오. 전날 밤이나 당일 아침 비행기로 갔다가 돌아오실 수 있도록 연결을 하겠습니다."

"일요일 밤 비행기로 가서 월요일 마지막 비행기로 오는 편을 알아봐 주시면 좋겠습니다. 호텔에서 자고 월요일 아침에 회장님 댁으로 가겠습니다."

"뜻대로 일정을 세팅하겠습니다."

지사장은 거듭 허리를 숙였다.

민규는 몰랐다. 바로 이 결정이 영부인과 후밍위안의 신경전을 '새로 고침' 하는 계기가 된다는 걸. 아울러 중국 최고 요리사들과 조우하게 된다는 사실도······.

7. 쑨빙빙, 그 치명적 기연

"오, 이게 바로 말로만 듣던 그 일등석……."

비행기에 탑승한 종규, 스튜어디스가 안내한 좌석 앞에서 넋을 놓았다. 종규에게는 난생처음의 외국이었다. 부모님이 살아 있던 시절, 딱 한 번 비행기를 탄 적이 있었다. 제주행 비행기였다. 종규가 초등학교 4학년 때였다.

그때 건물만 큰 제주호텔에 머물며 성산과 우도를 돌아 산굼부리, 마라도를 다녀왔던 민규네. 마라도에는 정말 자장면 집이 있었다. 섬 어디에든 배달도 됐었다. 그때 이후로 처음 타는 비행기였다. 썩어도 준치라고 가까워도 국제선, 게다가 일등석이었으니 설렐 만도 했다.

"형, 이거 어떻게 하는 거야?"

좌석에 앉은 종규가 좌석 조종판을 보며 물었다. 일등석의 좌석은 다양한 옵션으로 각도를 바꿀 수 있었다.

"그럼 따라 눌러봐라. 고장 나지 않으니까."

"엇, 움직여."

지잉!

소리와 함께 종규의 좌석이 각도를 바꾸기 시작했다.

"어어, 너무 누웠잖아?"

종규, 혼자 잘도 놀았다.

안전벨트를 하고 밖을 내다보았다. 창에 지사장 얼굴이 서렸다.

"베이징 공항에 사람이 나와 있을 겁니다."

티켓을 주며 그녀가 하던 말. 호텔은 특급으로 예약해 두었다고 했다.

"형, 이거 완전 죽인다."

겨우 각도를 맞춘 종규 얼굴에 웃음꽃이 활짝 피었다. 그것만으로도 베이징 출장은 가치가 있었다. 꿈 같은 개업. 자리를 잡았지만 종규와 함께 가는 해외여행 같은 건 누릴 시간이 없었다. 그런데 이렇게 좋아하니 민규도 괜히 뿌듯해졌다.

'그때 아버지도 그랬을까?'

제주도 여행이 떠올랐다. 비행기를 타는 형제는 싱글벙글이었다. 간단한 기내식조차 신기했던 그날, 아버지는 몹시 행복해 보였다. 두 아들에게 아버지 노릇을 한다는 자부심 때문이었다.

비행기가 이륙을 했다. 저녁 예약 손님 테이블을 마치고 부랴부랴 달려온 인천공항. 야경이 비행기를 따라 올라왔다.

"안녕하세요? 오늘 서비스를 책임질 이소현입니다."

잠시 후에 담당 스튜어디스가 다가와 인사를 했다. 깍듯하다. 비행시간이 길지 않은 관계로 기내식도 바로 주문받았다.

민규는 한식을 시켰고 종규는 양식 코스를 택했다.

"폼 나는데?"

작은 테이블에 테이블보가 펼쳐지자 종규가 뿌듯해했다.

"그렇게 좋냐?"

민규가 물었다.

"응, 나 일등석은 구경도 못 했잖아?"

종규 볼은 여전히 붉었다.

기내식이 나오기 시작했다. 세 번에 걸쳐 나왔지만 형식뿐이었다. 종규의 양식도 크게 다르지 않았다. 그럴듯하기는 했다. 하지만 감동도, 맛도 별로였다. 종규는 식사가 나올 때마다 사진부터 박았다.

"재희가 찍어 오라고 했어."

피치 못할 핑계가 나왔다.

"으음… 하늘에서는 짠맛을 잘 못 느낀다더니……."

종규는 열심히 오미를 음미했다.

"조금만 먹어라. 호텔 요리도 먹어봐야지."

"아, 그렇지?"

"자, 우리끼리 오붓하게 건배?"

민규가 화이트와인 잔을 내밀었다. 형제는 조용히 잔을 부딪쳤다. 식사를 끝내고 여정을 생각했다. 최종 목적지는 소주였다. 베이징에서 가까웠다. 서두르면 쑨빙빙의 점심 식사로 잉어찜을 세팅할 수 있을 것 같았다. 그런 다음 저녁 비행기로 인천에 컴백하면 끝난다. 생각하는 사이, 비행기는 어느새 베이징에 가까워졌다.

"그런데 형."

착륙 방송이 나올 때 종규가 입을 열었다.

"왜?"

"이분 잉어찜 하려면 월정사 다녀와야 하는 거 아니었어? 거기 대나무 숲."

"아차!"

"……?"

민규가 낭패스럽다는 표정을 짓자 종규 얼굴이 하얗게 변했다.

"짜식, 쫄기는… 필요하면 쑨빙빙 회장님이 목숨을 구했다는 그 대나무 숲으로 가면 되지."

"언제? 내일 새벽에?"

종규 목소리는 초조했다.

"이번에는 그거 필요 없으니까 걱정 마라."

"으악, 뭐야. 그럼 진작 그렇게 말하지. 간 떨어질 뻔했잖아?"

종규가 볼멘소리를 질렀다.

"콜록!

베이징과의 인사는 그리 정답지 않았다. 미세먼지로 인한 기침 때문이었다. 공기는 목이 매울 정도로 매캐했다.

"타세요."

마중 나온 여직원이 안락한 밴을 가리켰다. 운전기사는 따로 있었다. 베이징 시내는 멀지 않았다. 고층 빌딩들의 야경은 높고 찬란했다.

베이징 타루.

중국풍 외관을 가진 최고급 호텔. 별을 다섯 개나 달고 있었다.

딸깍!

객실 문이 열리자 어마어마한 풍경이 펼쳐졌다. 말로만 듣던 VIP룸. 침실은 물론 응접실에 작은 회의실까지 딸린 방이었다.

"이 호텔 안에 있는 무엇이든 사용하실 수 있습니다. 세 개의 레스토랑도 밤 12시까지는, 어떤 요리든 시키실 수 있도록 조치해 두었습니다. 편안한 밤 되시고 아침에 준비가 되면 전화를 주십시오. 저희는 5분 안에 달려올 겁니다."

가이드를 맡은 여직원은 정중한 인사를 남기고 물러갔다.

"얼떨떨한데?"

종규가 민규를 돌아보았다. '고급진' 방에 압도된 것이다.

"샤워해라. 씻고 가야지."

민규는 가방부터 챙겼다.

"어딜?"

"요리 탐구. 세 개의 레스토랑에서 어떤 요리든 시키라잖아? 기왕 시간 내서 온 거 중국요리가 어떤지 구경 좀 해야지? 이 정도 규모쯤 되면 정통요리가 널널할 테니까."

"콜!"

종규가 화답했다.

밤 10시 반. 민규와 종규가 호텔 식당 투어를 감행했다. 식당은 종업원 두어 명 외에 비어 있었다.

"끝났나요?"

혹시나 해서 물었다.

"혹시 룸 넘버 1188?"

종업원이 물었다.

"예."

대답이 떨어지자 종업원들의 눈빛이 달라졌다. 바로 주방장이 달려왔다.

"쏸차오 부회장님으로부터 특명을 받고 기다리고 있었습

니다."

60대의 노련한 주방장이 고개를 조아렸다. 나중에 안 일이
지만 이 호텔은 쑨펑하이 그룹의 계열사였다.

"늦은 시간에 죄송합니다."

민규가 예의를 갖추었다.

"염려 마시고 뭐든지 주문하십시오. 저희 주방은 모든 요리
를 할 준비가 되어 있습니다."

"번거롭지 않게 셰프가 가장 잘하는 요리로 간단하게 부탁
합니다. 중국다운 맛이 오롯이 녹아든 것이면 좋겠습니다."

민규가 오더를 냈다. 마음 같아서는 중국의 황실요리나 약
선요리를 한껏 맛보고 싶은 민규. 하지만 밤이 너무 늦었기에
그럴 수 없었다.

"제가 잘하는 요리라면……."

주방장이 곤란한 표정을 지었다.

"부탁합니다."

"……."

주방장은 답하지 않았다. 고개를 갸웃거리고는 주방으로
향했다.

잠시 후에 나온 건 오리요리였다. 비주얼은 흡사 시장통의
허드레 음식처럼 보였다. 적나라하게 삭아 나온 오리 머리와
오리 모가지, 그리고 오리 발…….

"주특기 요리를 찾으시기에 준비했습니다. 하지만 워낙 모양

새가 나오지 않는 요리라 외국인들은 잘 먹지 않습니다. 그러
니 맛만 보시고 마음에 들지 않으면 상어연골수프를 준비해
드리겠습니다. 좋은 재료가 왔거든요. 늦은 밤이라 그게 어울
릴 것 같습니다."

주방장이 의견을 피력했다.

"이 요리 이름이 뭐죠?"

"상농루압삼보입니다. 보시다시피 오리 머리와 목, 발 등을
잘라내지 않고 삶아서 중국 전통의 매운 양념에 묵혔다가 먹
는 요리라 오리의 뇌, 눈알, 혀까지 고스란히 드러납니다. 취
향에 따라서는 징그러워하는 사람도 있는지라 고민을 했는데
쏜차오 부회장님께서 뭐든 셰프가 원하는 대로 하라는 특명
을 내리셨기에……."

"으, 꼭 홍어 냄새가 날 거 같아."

설명을 들은 종규가 고개를 저었다.

오랜 시간의 숙성으로 거무튀튀하게 변한 색감. 흡사 시간
이 오버되도록 삶고 또 삶은 고기의 허접한 비주얼. 하지만
민규는 젓가락을 들었다. 여덟 가지 판별법 때문이었다.

이 오리는 자연 농장에서 왔다. 육질이 좋았다. 먹기 적당
한 크기에 살집도 좋았다. 좋은 오리를 좋은 양념에 삭혔다는
뜻. 오래 묵어 쿰쿰한 냄새가 풍기긴 하지만 뒷맛은 나쁘지
않았다.

"먹을 만하면 잠깐만 기다리십시오. 이 요리는 밥과 같이

먹으면 좋습니다."

주방장이 신호를 주었다. 남자 보조 두 사람이 밥통을 안고 왔다. 그걸 종규와 민규 앞에 내려놓는 것으로 세팅은 끝이었 다.

"그럼… 필요한 게 있으면 다시 불러주십시오."

주방장이 물러갔다.

"푸헐, 밥 못 먹다 죽은 귀신이 붙었나?"

밥통을 열어본 종규가 기겁을 했다. 거의 3~4인분이 될 정 도로 많았다.

"요리에 맞춘 거다. 맵고 짜고 신맛이 입을 알알하게 만들 잖아. 그러니 밥이 많이 필요할 수밖에."

"상어연골수프 먹으면 안 돼?"

"요리 탐구잖아? 형은 그냥 이거 먹는다. 상농루압삼보."

"쳇, 그럼 나도 같이."

종규가 젓가락을 집었다.

우물우물!

"웅?"

한 입 베어 문 종규의 눈동자가 멈췄다. 외국인의 입맛 따 위는 아예 고려조차 하지 않은 일방통행의 중국정통요리. 짭 조름한 매운맛에 상차이 향까지 배었지만 그리 거칠지 않았 다. 숙성의 묘미였다.

하지만 크림처럼 녹아 나온 뇌와 눈알, 혀의 포스 앞에서 다시 주저하는 종규. 민규가 먼저 그걸 집었다. 몬도가네풍의 요리를 좋아하는 건 아니었다. 그저 중국에 왔으니 가장 중국 다운 요리를 먹고 싶었을 뿐.

뇌는 마치 크림을 문 것처럼 부드러웠다. 눈알은 다소 물컹했지만 그뿐. 혀는 쫄깃하고 목은 쫀득쫀득, 발 물갈퀴 부분의 탱글생글한 식감까지 이르자 초반의 주저는 사라지고 없었다.

'비주얼보다 맛.'

사이사이 밥을 먹어주니 나쁘지 않았다. 밥도 훌륭했다. 중국 쌀의 찰기가 한국에 뒤진다지만 주방장의 솜씨로 윤기를 살린 덕분이었다.

"샹차이도 그냥저냥 먹을 만한데?"

종규는 미션이라도 수행한 듯 가뜬해했다. 한마디로 보기와는 다른 요리였다.

"어떻습니까?"

고기가 바닥나자 주방장이 다가와 물었다.

"독특하고 좋았습니다. 눈을 감고 먹었다면 천하일미였을 것 같습니다."

민규가 답했다.

"와, 그거 굉장한 대답이군요. 혹시라도 외국인들이 주문을 내면 눈을 감고 드시라고 권해야겠습니다."

주방장이 웃었다.

"혹시 황실요리도 하시나요?"

"찾는 요리가 있으십니까?"

"그건 아닙니다만 이 정도 수준의 호텔이면 메뉴가 있을 것 같아서……."

민규가 메모지를 거두며 말했다.

"황실요리는 수백 가지가 넘습니다. 샥스핀을 시작으로 제비집요리, 불도장, 북경오리에 생전복으로 하는 불사감 전복, 금빛 물을 들인 대파로 만드는 금총 해삼 등등……."

"금빛 물을 들인 대파요리라고 하셨습니까?"

"예."

"수고스럽지만 그걸 좀 부탁드립니다."

"그렇게 하지요."

주방장은 군말 없이 오더를 받았다. 대파와 건해삼이라면 시간이 많이 걸릴 요리가 아니었다. 미안한 마음이 작아졌다.

"와아!"

주문한 요리가 나오자 종규 입이 벌어졌다. 상농루압삼보와는 갈래가 다른 요리였다. 특히나 금빛 은은한 대파의 신선함이 압권이었다.

"약선요리사 지망생으로서 요리 분석 한마디 해야지?"

해삼을 집어 든 민규가 물었다.

"음… 중국요리는 보편적으로 기름기가 많으니 대파의 향으로 인체의 습기를 몰아쳐 소화를 돕는 동시에 속이 빈 재료로 땀구멍을 열어 찬 기운을 시원하게 몰아내려는 것. 나아가 해삼은 원기 회복에 진액 보충, 보양식, 혈액 정화에 항암 작용까지 있으니 찰떡궁합?"

"오, 공부 좀 했는데? 그럼 김장할 때 파김치는 왜 쪽파로 담글까? 대파로 담그면 효과가 더 좋을 수도 있는데?"

"응?"

종규가 고개를 들었다. 아직은 한계가 많은 종규였다.

"이치를 잘 생각해봐. 겨울!"

"아, 겨울… 겨울에는 땀을 너무 내면 안 되기 때문에?"

"맞았다."

"꺄우, 현장에서 개인 지도를 받으니까 나도 탄력 좀 붙는데?"

종규는 금빛 대파를 흐뭇하게 섭취해 주었다.

"죄송하지만……."

식사가 끝나갈 무렵 주방장이 어렵게 운을 떼고 나왔다.

"말씀하세요."

"듣자니 선생님이 한국에서 굉장히 유명한 궁중요리 전문가라고 하더군요."

"굉장히 유명한 건 아니지만 궁중요리를 하기는 합니다."

"신묘한 필살기도 있으시다고……."

"필살기요?"

"손도 대지 않고 생선 가시를 바르는 것 말입니다. 실례가 되지 않으면 한번 시범을 볼 수 있을까요? 요리 55년에 그런

진기는 본 적이 없어서……."

"……?"

"불쾌하시다면 실례했습니다."

"아닙니다. 보여 드리죠."

민규가 일어섰다. 늦은 밤까지 대기하며 정성껏 요리를 만든 주방장. 민규를 시험하려는 눈치도 아니었다. 그러니 보여주지 못할 이유가 없었다. 본다고 카피할 수 있는 재주도 아니었으므로.

주방으로 들어서던 민규가 주춤거렸다. 기막힌 향이 감지된 것이다.

"푸젠식 불도장입니다. 내일 공산당 귀빈께서 예약하신 요리죠."

주방장이 항아리 같은 찜통을 가리켰다. 지상 산해진미의 맛이 보글거리는 맛 덩어리가 거기 있었다. 푸젠식 불도장. 불도장은 중국 푸젠성 성도인 푸저우의 최고급 요리. 본고장의 진수를 체험하는 민규였다.

토도독!

주방의 민규가 농어 한 마리의 관절을 쳤다. 주방장 옆에는 일반 셰프와 보조들이 10여 명이나 몰려와 있었다. 그들은 집중했다. 과연 언제, 어떻게 칼집도 없이 가시를 제거할 것인가? 민규의 칼은 농어 아가미로 들어갔다. 준비 과정인가 싶었지만, 농어의 척추와 잔가시가 주르륵 딸려 나왔다.

"어억!"

구경꾼들 입에서 비명이 나왔다.

"잔재주에 불과합니다. 늦은 밤, 맛난 요리 고마웠습니다."

민규가 인사를 하고 주방을 나왔다. 주방장과 보조들이 도마로 몰려들었다. 가시는 가짜가 아니었다. 주방장이 농어의 등을 반으로 갈랐다. 과연 가시가 없었다.

"허어!"

맥 풀리는 웃음이 나왔다. 풍문으로 듣고 설마 했던 주방장. 실제로 보니 더 믿기지 않았다. 칼집이라고는 아가미를 찌른 1㎝ 남짓한 흔적뿐이었다.

이 주방장은 원래 뼈대 있는 요리사 가문이었다. 그의 선조는 황제의 일상식을 책임지는 어선방의 요리사 출신인 데다 그를 포함해 8대에 이르는 요리사 가문. 그렇기에, 육류를 담당하는 부서 '훈국'의 상도 기법을 전수받은 바였다.

상도 하나면 6만 가지 중국 음식을 다 해낼 수 있는 황제의 주방장. 그 칼 솜씨를 기려 일도주천하(一刀走天下)라고 불렀고, 상도를 잘 쓰는 달인을 포정해우(庖丁解牛)라고 칭했다.

그런데… 민규는 그 이상이었다. 6만 가지 식재료를 상도 하나로 다루지만 그 6만 가지 칼질 신공으로도 넘볼 수 없는 것. 우레타공이었다.

"……!"

다음 날 아침, 민규의 테이블은 황제의 요리로 가득 찼다.

"황제의 요리에 관심이 있으시고 게다가 어제 신기의 도법을 보여준 보답입니다."

주방장이 직접 나와 설명을 했다. 사실은 어젯밤, 민규 손에 들린 메뉴를 슬쩍 보았던 그였다.

—살아 있는 전복으로 요리하는 불사감 전복.

—용정소스를 끼얹은 샥스핀찜.

—해정 불도장.

—다섯 가지 재료를 곁들인 오색 제비집.

—금총 소해삼.

—중국 최고 면으로 불리는 열간면, 궈개면, 우육면 등의 국수 3종.

국수를 제외하면 모두 황제의 테이블에 올라가는 진미들. 민규와 종규는 입을 벌릴 뿐이었다. 그런데 요리는 각각 다른 포스로 세팅되어 있었다.

볶고 튀기고 지져낸 방식.

한쪽 접시의 포스였다.

데치고 찌고 삶고 끓여낸 방식.

다른 한쪽의 요리였다.

"한쪽은 보통 중국요리 방식이고 한쪽은 댜오이타이의 방식입니다."

주방장의 설명이 나왔다.

"댜오이타이요?"

"제가 거기서도 근무를 했었거든요. 아시는지 모르지만 다오이타이는 '3저 1고'의 요리를 추구합니다. 3저는 당분, 염분, 지방이고 1고는 단백질입니다. 다오이타이는 인공조미료는 물론이고 식초 등의 일반적인 조미료도 거의 쓰지 않습니다. 오직 식재료 본연의 맛을 살려서 데치고 찌고 삶거나 끓일 뿐, 일반적인 중국요리처럼 기름에 볶거나 튀기지 않습니다."

"아."

"말하자면 중국의 두 모습입니다. 전통과 새로운 방식. 전래의 요리를 찾으시기에 이렇게 내드리면 오히려 이해가 빠를 것 같아서요."

"배려 고맙습니다."

민규가 고개를 숙였다. 과연 5성급 호텔의 주방장다웠다. 손님의 니즈를 정확하게 파악한 배려. 단순히 쏸차오의 귀빈이라는 이유만으로 나올 수 없는 요리들이었다.

시식에 들어갔다. 전래 요리는 자극적이면서 강렬했고, 다오이타이 쪽은 담백하면서도 은근한 맛이 깊었다. 말하자면 약선요리에 가까웠다.

하지만······.

"······?"

샥스핀찜을 맛보던 민규가 고개를 갸웃했다. 소스에서 초맛이 난 것이다.

"산미를 느끼셨군요?"

주방장이 물었다.

"예… 이 신맛… 하지만 사납지 않고 부드러운 것을 보니 일반 식초는 아닌 것 같은데… 오이 쪽입니까?"

"……!"

민규의 질문에 주방장의 낯빛이 변했다.

"맙소사, 과연 셰프는 다르시군요. 이 산미는 중국의 셰프들도 여간해서는 유래를 모르는 법인데……."

"발효로군요?"

"예. 오이는 해독을 돕고 뼈를 튼튼하게 하며 심장에도 좋은 바, 세월과 함께 삭혀서 산미를 조절하는 데 쓰고 있습니다."

"그래서 맛이 부드럽고 깊군요. 굉장합니다. 이런 요리라니… 정말이지 댜오이타이에서 국빈 요리를 먹는 기분이군요."

"그렇지는 않습니다."

"아니라고요?"

"죄송하지만 쑨차오 부회장님에게 있어 셰프님은……."

주방장, 잠시 숨을 돌린 후에 차분하게 말꼬리를 붙여놓았다.

"댜오이타이의 국빈 이상입니다."

"……!"

민규는 귀를 의심했다. 국빈 이상. 그러나 부정하기도 힘들었다. 지금 이 테이블이 그렇지 않은가?

"그런데……."

주방장이 또 조심스레 입을 열었다.

"말씀하십시오."

"그게… 이러면 안 되는데 간밤에 보여준 비기 때문에… 자꾸만 궁금해서……."

"말씀하시라니까요."

"약수 말입니다. 셰프는 물도 요리한다고 들었습니다만."

주방장은 차마 뒷말을 다 하지 못했다. 하지만 민규는 그가 원하는 게 무엇인지 알고 있었다.

"물잔 두 개와 생수를 좀 주시겠습니까?"

"예? 알겠습니다."

주방장은 바로 요청에 응했다.

쪼르르.

민규가 생수를 한쪽 잔에 따랐다. 그런 다음 그 물을 잡고 잠시 기를 모으는 시늉을 했다. 그사이에 물은 장수로 변했다. 주방장, 민규 때문에 잠을 줄여야 했다. 그가 좋아서 한 일이지만 나이에서 오는 피로는 어쩔 수가 없었다. 그렇기에 하품이 나고 갈증도 났다.

민규가 초자연수로 변한 물을 내밀었고, 주방장이 그것을 마셨다.

"이제 이걸 드셔보십시오. 제 테이블 때문에 피곤한 주방장님을 위한 제 선물입니다."

"......"

물잔을 받아 든 주방장의 어깨가 파르르 떨렸다. 물잔의 온도가 높아졌기 때문이다. 장수는 좁쌀로 쑨 죽의 윗물이다. 따뜻하고 달며 신맛이 돈다. 마시면 졸린 것을 물리쳐 주고 갈증을 해소한다. 더위에도 좋은 물이었다.

"......!"

장수를 마신 주방장, 그대로 얼음이 되었다. 위장으로부터 번져 나가는 기운 때문이었다. 희미하던 머리에 숲의 바람이 불어오는 것 같았다. 어느새 졸린 것이 달아난 것이다.

'아아......'

주방장은 온기가 가시지 않은 물잔을 보며 후들거렸다. 태어나 한 번도 한국 요리의 우월성에 대해 생각해 본 적이 없었던 주방장. 그 생각이 절벽처럼 무너지고 있었다.

투타타타!

프로펠러 소리 한번 싱그러웠다. 소주까지 가는 길은 헬기였다. 아침 식사가 끝나고 전화를 하자 달려온 직원이 놀라운 답을 내놓았다.

"옥상으로 모시겠습니다."

옥상!

거기에는 최신 헬기가 기다리고 있었다. 쑨차오가 보내준 헬기였다. 소주는 아름다웠다. 수로를 따라 고풍스레 펼쳐지는 목가적 풍경이 많았다. 쑨차오는 헬기 착륙장에 나와 있었다. 이번에는 가족을 모두 대동하고 있었다.

"은인이시다. 인사드리거라."

쑨차오는 두 아들과 딸에게 민규를 소개했다. 사모님도 깍듯한 인사를 해왔다. 쑨빙빙의 저택은 코앞이었다. 이면도로에 접어들자 오래된 저택이 보였다. 거기가 쑨빙빙의 집이었다. 대문이 열리니 안에서 일하는 사람들이 일렬로 서서 민규를 맞았다. 그들 사이로 연못이 보였다. 그리 크지는 않지만 잘 단장된 연못이었다.

"아버님!"

쑨차오가 거실 문을 열었다. 영상으로 보았던 쑨빙빙이 보였다. 휠체어 위였다.

"어서 오시오."

노익장은 예를 다해 민규를 맞았다.

"……!"

"……!"

그와 눈빛이 마주쳤다. 순간, 쿵 하는 메아리가 심장을 치고 갔다.

뭐지?

공연한 기시감에 더해지는 낯선 느낌.

고개를 갸웃하며 시선을 돌리자 다른 사람이 보였다. 선 굵은 표정에 기름 냄새가 배인 관록의 남자. 첫인상에 거물 요리사라는 느낌이 왔다. 아니나 다를까? 쑨빙빙이 그의 정체를 밝혀놓았다.

"여긴 한때 내 전속 요리사이기도 했던 쩌우정이오."

쩌우정!

중국요리의 3거두로 불리며 레전드 대접을 받는 사람. 그가 불과 팬으로 굳은살투성이가 된 손을 내밀었다. 왜 여기에 온 걸까? 민규가 그 손을 잡자 노련한 쩌우정 눈에 파란이 일었다.

'이 사람……'

놀러 온 건 아니었다.

민규는 그걸 알 수 있었다.

네 사람이 거실에 마주했다.

민규, 쑨차오, 쑨빙빙, 그리고 쩌우정…….

"잉어찜 한 접시를 위해 먼 길에 모셨으니 염치가 없습니다."

쑨빙빙이 인사말로 침묵을 밀어냈다.

"배려해 주신 덕분에 즐겁게 왔습니다. 심려치 마십시오."

민규가 정중히 답했다.

"어제 저녁은 베이징 타루에 모셨다고?"

쑨빙빙이 쑨차오를 돌아보았다.

"예, 거기 주방장이 쩌우정 선생의 제자가 아닙니까? 이 셰프를 허투루 대우할 수 없어서 정했는데 요리가 입맛에 맞았는지 모르겠습니다."

쑨차오의 시선이 민규에게 건너왔다.

"……!"

민규 눈동자가 소리 없이 출렁거렸다. 그 주방장이 쩌우정의 제자?

"전화가 왔더군요. 호텔에서 굉장한 묘기를 선보였다고……."

쩌우정이 끼어들었다.

"별것 아니었습니다. 오히려 제가 분에 넘치는 황궁요리를 맛보게 되어 고마울 뿐이었죠."

민규가 답했다.

"그게 다 무슨 소용입니까? 제게 배운 황헌과 함께 혼신을 다해도 되지 않던 요리를 공수해 주신 분인데……."

쩌우정의 낯빛이 무겁게 변했다. 그사이에 민규는 쑨빙빙의 체질 창을 읽어냈다. 이미 사진과 영상으로 체질을 알고 있지만 그사이의 변화와 현재 상태가 필요했다.

체질 유형—金형.
담간장—허약.

심소장─우수.

비위장─허약.

폐대장─병약.

신방광─병약.

포삼초─허약.

미각 등급─B.

섭취 취향─小食.

소화 능력─E.

'후우.'

숨을 고르며 혼탁을 보았다. 쑨빙빙의 오장육부. 역시 심장
이 문제였다. 혼탁은 영상으로 본 것보다도 조금 더 강해져
있었다. 그렇기에 저 홀로 우뚝한 모습. 겨우 돌아가는 폐대장
의 순환 모터가 과부하로 허덕거릴 지경이었다.

"숨을 쉬기가 어떻습니까?"

민규가 확인에 들어갔다.

"어제 의사가 다녀갔는데 나쁘지 않다고 합니다."

쑨차오가 대신 답했다.

"대답은 회장님이 하셔야 합니다."

민규가 선을 그었다. 이제부터는 민규가 갑이었다. 누구의
참견도 허락할 수 없었다.

"예전보다는 좋소."

쑨빙빙이 말했다.

"제 잉어탕을 먹고 정신이 맑아진 후로는 어떻습니까? 조금 뜨거워졌을 것 같습니다."

"응? 그걸 어찌 아시오? 조금 뜨거워진 듯하오. 하지만 의사도 심장은 걱정할 것 없다고……."

"깨어나기 전에 비교하면 좋기 때문에 그랬을 겁니다. 딱히 통증을 호소하지도 않으셨을 테고요."

"……!"

"어떻습니까? 이번에도 잉어찜 한 접시 드시면 기운이 확 돌 것 같습니까?"

"그래요. 셰프 덕분에 여기까지 온 것도 기적이지만 회사 일을 마무리하려면 조금 더 회복이 되어야……."

"더 회복입니까?"

민규 목소리에 힘이 들어갔다.

"조금만 더 기운이 오르면 거동도 가능할 것 같소이다만."

"잉어찜… 잉어는 구해놓으셨습니까?"

"그렇다마다요."

"좀 보여주시겠습니까?"

"그러지요, 위징!"

쑨빙빙이 주방을 바라보았다. 쑨차오의 딸 위징이 나왔다.

"재료는 여기 있습니다. 살펴봐 주시면 고맙겠습니다."

손녀가 재료를 가리켰다. 들통 속에 든 세 마리 잉어가 눈에 들어왔다.

"쩌우정 선생님께서 직접 골라 오신 겁니다. 할아버지가 좋아하시는 황하의 강 상류에서 잡은……."

"……."

"대나무즙과, 죽염, 죽순 등의 재료도 모두 옛날 할아버지가 먹었던 어촌 잉어찜의 고장에서 공수해 왔습니다. 잔대와 향신료까지도……."

손녀가 설명을 이어갔다. 테이블에 가지런히 놓여 있는 식재료도, 두툼한 입술을 뻐끔거리는 잉어들도 최상급이었다.

"재료가 어떻습니까?"

쩌우정이 다가왔다.

"……."

"내 쑨 회장님 잉어찜 한 번 제대로 받들지 못했기에 자책감이 들어 직접 잉어를 받아 왔습니다. 잉어만큼은 황하에서 건진 것 중에서도 최고일 겁니다."

"예……."

"회장님께서 한국 셰프의 잉어찜을 먹고 기력을 찾았다는 낭보를 듣고 바로 달려왔습니다. 이 나라에서 요리 좀 하다는 주제였지만 만인에서 가장 중요한 한 분의 입맛을 맞추지 못했으니 부끄러운 마음에 오늘 셰프의 잉어찜을 견학하고자……."

"……."

민규의 시선은 잉어들에게 있었다. 탄력과 몸의 라인이 기가 막혔다. 강중에서도 유속이 빠른 곳에 살던 놈들이었다. 그렇다면 퀄리티는 따질 필요도 없었다.

민규가 손을 내밀자 들통 속의 잉어들이 와닥파닥 몸서리를 쳤다. 겨우 진정시키고 한 마리를 집어 들었다. 몸의 비율이 가장 좋은 놈이었다. 쩌우정의 눈매가 출렁이는 게 보였다. 세 잉어의 출처는 그만이 알고 있었다. 셋 중에서도 으뜸이 따로 있었다. 강물이 휘도는 여울목이 가장 험한 지류에서 잡은 잉어. 그걸 골라 든 민규였다.

"그놈이 쑨 회장의 정기신혈 잉어찜이 될 놈이군요?"

쩌우정이 웃었다. 하지만 민규의 답은 아주 다르게 나갔다.

"죄송하지만 오늘은 잉어찜을 하지 않습니다."

"……?"

소스라치는 쩌우정을 뒤로하고 쑨빙빙에게로 향했다.

"회장님."

"예, 셰프. 재료는 마음에 듭니까?"

"재료는 최상입니다만 요리를 바꿔야 할 것 같습니다."

"요리를 바꾼다고요?"

쑨빙빙이 고개를 들었다. 그에게는 청천벽력 같은 말이기 때문이었다.

"셰프, 나는 잉어찜을 청했습니다."

"압니다. 잉어찜을 드셔야지요. 지난번 잉어찜으로 회복이 되셨으니 한 접시 더 해서 조금만 더 회복이 되시면……."

"바로 그거요. 그런데 왜?"

"잉어찜을 드시면 며칠은 조금 나아지실 수도 있습니다. 하지만 한 달을 넘기지 못하고 더 나빠지실 것이니 그때는 어떤 영약에 약선요리도 회장님을 돕지 못할 겁니다."

"셰프."

"……."

"어째서 그렇소?"

"현재 회장님의 오장육부는 심장만 저 홀로 우뚝합니다. 이 상태에서 잉어찜을 드시면 그 진기를 심장이 다 흡수해 온몸에 불을 지를 것으로 봅니다."

"셰프가 의학도 공부를 했나요?"

"저는 약선요리를 합니다. 그렇기에 기본적인 의학 지식은 가지고 있습니다. 한의학이 융성한 중국에서 자랐으니 잘 아시겠지만 정기와 혈자리, 경락의 문제는 현대 의학의 의사들이 잘 짚어내지 못합니다. 옛날에 회장님의 병환을 고치지 못했던 것처럼 말입니다."

민규의 설명은 중간중간 끊어졌다가 이어졌다. 어려운 단어가 나올 때면 한 번 더 생각할 시간이 필요한 까닭이었다.

"그건 알고 있소."

"부득이 잉어찜을 원한다면 해드리고 갈 수는 있습니다. 하지만 임시방편이니 요리의 기운이 오래가지 못할 겁니다."

"그럼 어쩌자는 것이오?"

"숯불에 고기를 구울 때 숯불이 너무 세면 그 위에 호박잎을 올리거나 연잎을 올려 불의 세기를 죽입니다. 그래도 안 되면 물을 조금 뿌리기도 하지요."

"……?"

"지금이 그런 상황입니다. 정상인으로 치면 문제가 없지만 회장님의 심장 불길은 다른 오장에 비해 과도합니다. 불길을 잡지 않으면 화극금(火克金)이라 머잖아 폐장을 들이칠 것이니 그렇게 되면……."

뒷말까지 설명하지는 않았다.

"셰프!"

경청하던 쑨차오가 입을 열었다.

"심장의 불을 끄면 심장이 멈추는 것 아니오?"

"멈추지 않는 선에서 끝내야죠. 다른 오장육부와 보조를 맞추는 수준에서……."

"병원을 가란 말이요?"

"그곳에서 안 된다는 건 저도 압니다. 그렇기에 저를 부른 걸 테니까요."

"그럼?"

"그 일은……."

잠시 숨을 고른 민규가 남은 말을 이었다.

"제가 합니다."

"요리로 말이요?"

이번에는 쩌우정이 나섰다.

"요리든, 약재든, 약수든… 어떻게든……."

"위험합니다. 이 셰프 잉어찜의 신묘함은 백번 인정하지만 편작이나 화타가 요리사로 환생한 것이 아닌 다음에야 어떻게 요리로 오장육부의 기 조절을… 게다가 회장님은 위중한 상태입니다."

"제가 분명 화타와 편작은 아닙니다. 하지만 할 수 없다면 제안을 드리지도 않았을 겁니다. 그저 잉어찜을 해드리고 돌아가면 그만일 테니까요. 하지만 의사에게 인술이 있듯 약선 요리사에게도 정도는 있는 법입니다."

민규의 시선이 쑨빙빙을 겨누었다.

"……."

잠시 침묵이 흘렀다. 쑨빙빙도 쑨차오도, 쩌우정도 쉽게 입을 열지 못했다.

"어쩌면 이번에야말로 진정한 잉어찜을 드시는 건지도 모릅니다. 죽은 물고기는 물의 흐름을 따라가고 산 물고기는 거스르는 것이니 저 황하 끝의 폭포를 거슬러 오른 단 한 마리의 잉어, 그 잉어처럼 눈앞의 위험을 넘어 뛰어오르면 용이 될 것이오. 실패하면……."

"허어!"

쑨빙빙 입에서 탄식이 나왔다. 그의 입장에서 보면 하나도 아니고 두 개의 도박이었다. 하나는 민규의 말처럼 보장되지 않는 시도를 해야 한다는 것. 또 하나는 민규의 약선에 자신의 운명을 맡겨야 한다는 것.

"두 분……."

분위기가 무거워지자 민규가 쑨차오와 쩌우정을 바라보았다.

"예, 셰프."

"죄송하지만 자리를 잠깐 비켜주겠습니까? 제가 회장님에게 따로 드릴 말씀이 있습니다."

"……?"

"잠깐이면 됩니다."

"그러지요."

쑨차오가 일어섰다. 쩌우정도 그 뒤를 따랐다.

"회장님."

주변이 조용해지자 민규가 쑨빙빙을 바라보았다.

"또 다른 말이 있소?"

"예."

"해보시오, 셰프!"

"운명의 궤. 혹시 그런 말을 들어보셨습니까?"

"무슨 뜻이오?"

"운명 수정 특권."

"……?"

두 번째 말에 쑨빙빙의 시선이 벼락처럼 올라왔다.

"吉星照門 貴人相對. 陰陽和合 萬物化生."

"……?"

"제 운명의 궤가 바꿔준 운수입니다. 그래도 뭔가 떠오르는
게 없습니까?"

"吉星照門 貴人相對. 陰陽和合 萬物化生?"

"예."

"약비여차 길반위흉(若非如此 吉反爲凶) 척석견옥 노후가득(拓
石見玉 勞後可得)?"

"회장님!"

"셰프… 앞에 말한 그 운명의 궤……."

"그럼 회장님도?"

"셰프도 운명 시스템의 선택을 받은 사람?"

"그렇습니다."

"맙소사, 이런 우연이 있나?"

회장의 입이 쩌억 벌어졌다.

"그게 회장님의 운명의 궤입니까? 若非如此 吉反爲凶, 어
려움에 처해도 일이 풀리기 시작하여 성공을 거둔다. 拓石
見玉 勞後可得, 돌을 쪼아 옥을 보니 수고한 뒤에 가히 얻는
다?"

"그렇소이다. 어허, 이거야 원… 어쩐지 잉어찜도 잉어찜이
지만 아련하게 그때의 기분이 든다 했어요. 운명의 궤 권능을
받던 그때의……."

"그때였겠군요? 황하의 강에 투신한?"

"세프도 투신을 한 후에 운명 메신저들을 만났나요?"

"아닙니다. 저는 다른 사고 후에⋯⋯."

"어허⋯ 그렇다면 운명이 나에게 정리할 기회를 준 것이 아닙니까? 이런 기묘한 인연이라니⋯⋯."

"회장님께 주어진 운명의 궤는 잘 맞았습니까?"

"그랬지요. 시작은 어려워도 반드시 보람을 받았습니다."

"그럼 마지막으로 한 번 더 그 운명의 궤를 믿어보시지요."

민규가 쐐기를 박았다.

민규의 눈과 쑨빙빙의 눈빛이 마주쳤다. 기이하고 또 기이한 인연. 생각지도 못한 두 운명 반전자들의 만남. 쑨빙빙은 마음에 가득하던 불안이 황하에 떨어지는 눈발처럼 녹아 사라지는 걸 보았다.

"세프를 따르리다."

쑨빙빙의 결단이 나왔다.

$$* \qquad * \qquad *$$

"⋯⋯!"

쑨빙빙의 말을 들은 쑨차오와 쩌우정이 소스라쳤다. 민규와 쑨빙빙이 무슨 말을 나누었는지 알 리 없는 두 사람. 그러나 상황은 변해 있었다.

"하지만 아버님."

"어허, 내가 셰프 뜻을 따른다고 하지 않았느냐? 그를 추천한 게 너라는 걸 잊은 게냐?"

"그런 뜻이 아닙니다. 저는 이 셰프를 믿습니다만 만에 하나……."

쑨차오의 뒷말이 가라앉았다. 형제들 때문이었다. 회사의 분란은 어느 정도 잠재웠다. 의식이 돌아온 쑨빙빙의 선언 때문이었다. 하지만 아직 완벽하게 끝난 건 아니었다. 쑨빙빙이 공식 석상에서 천명하는 절차가 남은 것이다.

그런데…….

혹시라도 일이 잘못되면 쑨차오가 독박을 쓸 수 있었다. 그렇게 되면 쑨차오를 중심으로 바뀌던 판도가 역전될 수도 있었다.

꿀꺽!

쑨차오가 마른침을 넘겼다. 아버지는 이미 결단을 내렸다. 그렇기에 이제는 돌이킬 수도 없었다.

"아들아."

쑨차오의 우려를 안 쑨빙빙이 입을 열었다.

"예."

"셰프를 믿거라. 어차피 그가 아니었다면 지금 이 자리도 의미가 없었을 일."

"아버님… 그를 믿지 못하는 게 아니라……."

"그렇다면 너 스스로를 믿지 못하는 것이냐?"

"……?"

"셰프가 등용문 이야기를 하더구나. 나도 내 삶에 마지막 한 획을 그려야겠지만 너 역시 진짜 용이 되어야 하지 않겠느냐? 그래야 형제들이 너를 중심으로 뭉칠 테고……."

"아버님……."

"시작하시지요, 셰프."

쑨빙빙의 시선이 민규에게 건너갔다. 나른하지만 거역할 수 없는 위엄이 서린 음성이었다.

'수극화(水剋火)로 화극금(火克金)을 막는다.'

민규의 대전제였다. 신장으로 심장의 불을 끄고 심장이 폐장을 해치는 것을 막으려는 것. 오장육부가 평형을 이루는 상태에서 약선요리로 정기신혈을 보충해야 했으니, 일종의 '새로고침'이었다.

난제였다.

하지만 앞선 조건들이 선행된다면 해볼 만했다. 모두를 내보내고 쑨빙빙의 옷을 벗겼다. 남김없이 벗겼다. 여윈 몸의 피부 표면으로 새파랗게 도드라진 정맥들이 보였다. 무성한 백발에 청각도 그리 좋은 편은 아닌 상황. 어쩌면 전체를 리뉴얼하는 만병통치약이 필요한 때였다.

담간장—허약.

심소장—우수.

비위장—허약.

폐대장—병약.

신방광—병약.

포삼초—허약.

담간장—허약.

심소장—허약.

비위장—허약.

폐대장—허약.

신방광—양호.

포삼초—허약.

위는 현재의 상태, 아래는 민규가 꿈꾸는 상태였다. 명백한
쟁점은 심장의 불을 끄는 것. 하지만 신장의 물기운은 어느
정도 보존하는 것. 이유는 신장의 기능 때문이었다. 약선요리
의 측면에서 보면 신장은 인체의 여과 기능과 달랐다. 신장의
기가 약하면 뜻을 세울 수 없다. 기 빠진 경영자. 최고 경영자
에게 그건 시형선고와 다를 바가 없었다.

오장육부의 혼탁을 차근차근 점검했다. 그 시작은 어디였
을까? 그는 金형이니 폐였을까? 예상은 빗나갔다. 오장의 어
느 한 곳이 아니라 전반적인 찌꺼기였다. 쑨빙빙의 불치병은

기력의 부조화가 원인이었다.

'단기(短氣)다. 그리고 소기(少氣)……'

정진도의 한의학이 도움이 되었다. 기가 손상되어 생기는 질병은 모두 아홉 가지에 이른다. 그중에서 기력이 너무 쇠약해서 숨을 잘 쉬지 못하는 건 단기였다. 이게 심해져서 말을 할 수 없을 정도가 되면 소기라 부른다. 쇠약해진 기가 막히고 꼬이면서 통증이 왔으니 기통(氣痛)이었다.

'그렇다면……'

초자연수 하나가 머리를 치고 갔다. 소기를 잡을 수 있는 물은 민규 손안에 있었으니 시작은 좋은 편이었다.

"마비탕입니다. 재료를 구하는 동안 여기 들어가 계십시오."

민규가 욕조를 가리켰다. 욕조의 물은 마비탕으로 채웠다. 소기를 퇴치하는 데는 인삼을 진하게 달여 마시는 게 좋았다. 소식하는 쑨빙빙이기에 마시는 것보다 목욕으로 방향을 틀었다.

"부회장님."

거실로 나와 쑨차오를 불렀다. 이 빅딜을 위해 한국에서 가져온 식재료들이 있었다. 하지만 몇 가지는 준비하지 않았다. 감초와 마, 양고기, 녹용 등이 그것이었으니, 신선도와 통관 등을 고려한 결정이었다.

"몇 가지 식재료가 필요합니다."

"말씀만 하세요. 소주와 베이징을 다 뒤져서라도 준비하겠습니다."

"이게 성분의 문제가 있어서 제가 가야 합니다. 근처에 약재 시장이나 재래시장이 있을까요?"

"없으면 만들어야죠. 제 차에 타십시오."

쑨차오가 세단을 가리켰다.

다행히 식재료 시장은 멀지 않았다. 바위산에서 자란 양고기를 사고 마늘 골랐다. 다음으로 향한 곳은 약재 시장이었다. 쑨차오는 시장에서 가장 큰 도매상으로 들어갔다. 주인은 쑨차오를 잘 알고 있었다.

"오셨습니까?"

주인이 깍듯이 인사를 했다.

"한국에서 오신 손님이신데 필요한 게 있는 모양이네. 말씀하시는 대로 맞춰 드리게나."

"알겠습니다."

주인이 민규를 돌아보았다.

"녹용이 필요합니다. 좋은 것으로 좀 보여주시겠습니까?"

민규가 오더를 내자 주인이 녹용을 한 아름 안고 왔다.

"……!"

민규 눈에 불이 늘어왔다. 퀄리티가 최강이었다. 큰 사슴의 녹용인 미용까지 있었다. 게다가 끝이 희고 붉은 것도 있었다.

'최상급……'

큰 사슴의 녹용은 뼈와 피를 보할 때 좋다. 일반 녹용을 기준으로 하면 윗부분인 상대는 기혈생성에, 중대는 힘줄과 뼈 강화에 탁월했다. 여기서도 쑨차오의 파워를 알 것만 같았다.

하지만!

그건 보통 사람의 시각. 여덟 가지 판별력을 장착한 민규는 달랐다. 민규는 주인이 내놓은 녹각교를 줄줄이 밀어냈다.

"셰프……."

주인의 눈이 휘둥그레졌다. 녹용의 중간 부분으로 만든 녹각교를 찾기에 최상급을 보여준 것. 그 명품에 퇴짜를 놓는 민규였다.

"중대로 만든 걸 원하지 않았습니까?"

주인이 불쾌한 듯 물었다.

"그렇습니다."

"그런데 왜? 우리 상점에 이 이상의 물건은 없습니다."

"중대로 만든 것은 맞으나 눈먼 상인의 농간인지 실수인지 하대가 섞여 들어갔습니다. 게다가 좋은 바람이 아니라 미세먼지 가득한 곳에서 만들었으니 다른 것을 보여주십시오."

"셰프……."

"다른 곳에서 온 물건이 있습니까? 다른 것을 가져오면 왜 그런지 보여 드리겠습니다."

"잠깐 기다리시오. 우리 상점에는 없지만 옆에 가서 빌려 오리다."

주인이 나갔다. 쏜차오가 버티고 있기에 민규의 요구에 따르는 것. 그러나 한편으로는 이 어린 한국인의 콧대를 꺾으려는 계산도 있었다.

"보시오. 이게 이 근방의 약재상에서 취급하는 녹각교요. 보다시피 우리 상점 것과는 외관으로도 비교할 수 없지요."

주인이 녹각교를 내려놓았다. 그것들을 뒤져 하나를 찾아냈다. 외양은 조금 허접하지만 녹각교에서 풍기는 특유의 냄새가 선명했다.

"맛을 보시든지요."

빌려 온 것과 원래의 녹각교를 조금씩 가루 내어 주인에게 건네주었다.

'윽!'

그걸 맛본 주인의 미간이 확 일그러졌다. 민규의 말이 맞았던 것이다. 다른 곳에서 빌려 온 녹각교의 뒷맛에는 미세먼지의 텁텁함과 잡내가 없었다.

"약재는 외양으로 판단할 문제가 아닙니다. 건강한 사람이라면 조금 낮은 성분이 큰 문제가 아니겠지만 쏜빙빙 회장님 같은 경우는 다릅니다."

민규가 설명을 끝냈다.

"셰프!"

주인은 진심으로 승복했다. 민규의 내공을 인정한 것이다. 그 과정을 바라보는 쏜차오의 입가에 미소가 번져갔다.

감초도 새로 샀다. 감초는 중국산이 최강이다. 민규가 가져온 것보다 더 좋은 것이 있으니 바꾸지 않을 이유가 없었다. 진피와 백봉령, 구기자도 그랬다. 정말 오래된 진피에 거위기름까지도 구했다. 진피는 오래될수록 좋으니 선택을 망설이지 않았다.

그 과정들 또한 헐렁하지 않았다. 주인은 매번 감탄사를 연발했다. 덕분에 질 낮은 약재로 거래를 속여온 거래처를 구분하게 되는 주인이었다.

중국은 과연 세계의 블랙홀이었다. 뭐든지 빨아들인다더니 약재도 예외는 아니었다. 최상급의 녹용을 보니 다른 생각이 들었다.

'과연 있을까?'

민규의 눈이 주인을 겨누었다. 그리고, 천천히 말문이 열렸다.

"혹시 사향도 구할 수 있습니까?"

사향!

한국에서는 구하기 쉽지 않다. 그러나 여기는 소주 최고의 약재상. 쑨차오의 위세에 기대 기대를 걸어보았다. 그런데, 주인의 답은 주저 없이 터져 나왔다.

"윈난, 스촨, 시짱의 것이 있습니다. 어느 것으로 드릴까요?"

윈난성과 사천성, 티벳 산지의 사향이라면 그 또한 세계 최고 수준. 조심스레 질문한 민규를 무색하게 만드는 반응이었다.

사향이 나왔다. 사향도 있고 사향주머니도 있었다. 주인의
시선은 민규에게 꽂혀 떨어지지 않았다. 한국에서 온 이 젊
은이, 이번에는 또 어떤 마법으로 최상의 사향을 골라낼 것인
가?

사향의 다른 이름은 사미취(四味臭)다. 성질은 따뜻하고 독
이 없다. 나쁜 기운을 없애고 마음을 안정시킨다. 오늘날 사
향이 주로 쓰이는 곳은 향수와 공진단이다. 아재 나이가 되면
한 번쯤 들어본 공진단의 존엄. 이 공진단에 사향이 들어가면
목향이나 침향이 들어간 제품과 차원이 달라진다. A급을 넘
어 S급이 되는 것이다.

약리적으로도 사향의 효능은 입증되었다. 정신이 혼미한 환
자를 소생시키는 작용에 혈액순환은 물론, 간세포 보호 효과
에 뇌의 신경세포 보호에도 유익하다. 류머티즘 관절염까지도
개선을 돕는다.

민규가 주목하는 건 막힌 기를 통하게 하는 신묘한 작용이
었다. 원래 사향의 복용량은 까다롭다. 병세에 따라 다르지만
1회 복용량은 1g 정도의 미량이다. 한방에서는 환으로 복용하
고 탕제로는 쓰지 않는다.

정진도의 경험에 도움을 받았다. 임산부는 복용 금지, 암
환자는 복용 주의, 체질에 따라서 좋은 약재가 될 수 있고 그
렇지 않을 수도 있었다. 쑨빙빙의 경우도 있었다. 체력이 바닥

난 사람이 복용하면 열감을 동반한다. 유념할 자료였다.

꼬리털이 선명한 사향주머니 하나를 골랐다.

"어이쿠야!"

주인이 탄식을 했다. 그 사향은 늘 말없는 재료상이 가져온 것이었다. 부른 값에서 절대 깎아주는 법 없던 깍쟁이. 이번 거래를 끝으로 잘라 버릴 생각이었는데 민규를 보니 마음이 변했다. 그 재료상이야말로 최고의 신용거래처였던 것이다.

'느낌 좋은데?'

자하거에 이어 귀한 약재인 사향을 보니 로또 맞은 기분이 들었다.

민규 표정이 밝아졌다.

*   *   *

딸깍!

약재를 구하고 들어와 목욕실에 들어섰다. 쑨빙빙은 아직 욕조 안에 있었다.

"형."

종규가 돌아보았다. 병약한 쑨빙빙이기에 보호를 겸해 곁에 붙여두었던 민규였다.

"……."

민규 미간이 살포시 구겨졌다. 마비탕 안에서 꽤 오래 반신

욕을 했건만 소기는 아직 버티고 있었다. 마비탕의 수증기만
으로도 혈색이 좋아진 종규와는 달랐다.

"어떤가요?"

쑨빙빙이 물었다.

"시작은 좋습니다."

민규가 시원하게 답했다. 현재 상태를 말하는 게 아니라 사
향 때문이었다. 약재를 생각할 때 사향은 꿈꾸지 않았다. 없
는 것에 미련을 가지면 좋은 요리가 나올 리 없다. 그런데 생
각지도 않은 사향을 구했다.

길성조문 귀인상대(吉星照門 貴人相對).

민규 운명의 궤 중 하나였다. 길성이 문에 비치니 귀인과 대
면하리. 고귀한 이들을 만나 큰 도움을 받게 되리라.

약비여차 길반위흉(若非如此 吉反爲凶).

이는 쑨빙빙의 운명의 궤. 어려움에 처해도 일이 풀리기 시
작하여 성공을 거두리라. 사향이 그 조짐이 아니면 무엇일
까?

향로 두 개를 얻었다. 사향을 갈아 작은 향로를 피웠다. 농
밀하고 묵직한 향이 목욕탕에 퍼지기 시작했다. 약선요리의
시작이었다. 요리라고 해서 꼭 입으로 먹으라는 법은 없었다.
사향은 막힌 기를 통하게 하는 신묘한 효능을 가지고 있다.
코를 통해 오장육부로 가지만 피부를 직격하기도 한다. 피부
로 들어가 뼛속의 골수까지 퍼지는 것이다.

부채질로 사향의 농도를 조절해 주었다. 물속의 마비탕과 물 밖의 사향 향기. 두 개의 시너지가 쑨빙빙의 몸에서 만나자 온몸의 경락에 맺혔던 혼탁들이 출렁거리기 시작했다.

'반응한다.'

그쯤에서 사향의 연기 농도를 낮췄다. 마비탕에 대한 지원사격은 제대로 성공. 막힌 경락에 작은 길이 나면서 기력의 조화가 시작되었다. 소기의 뒤통수를 제대로 친 것이다.

"맥은 좀 풀리지만 몸과 머리가 가볍습니다."

쑨빙빙의 소감이었다. 그는 이제 목욕탕에서 나왔다.

"요리, 시작하겠습니다."

휠체어의 그에게 정중히 말했다. 그 앞에 테이블을 놓았다. 중병의 환자지만 그도 이제 민규의 손님. 맛난 테이블을 장식해야 하는 건 다른 손님들과 다를 바 없었다.

"경락을 열고 신경과 근력을 강화하는 약수입니다."

두 잔의 초자연수를 내놓았다. 오늘 요리의 출발이었다. 물은 국화수와 열탕이었다. 쑨빙빙은 조용히 물을 마셨다.

그사이에 세 개의 밥물이 끓었다. 돌솥에서 끓는 건 마비탕에 더한 쌀과 좁쌀이었다. 넉넉하게 안친 밥 안에는 종지가 몇 개씩 들어 있었다. 죽물을 받는 것이다.

죽물!

이제 종규도 아는 사실이지만 죽물은 음식에서 유일하게 정을 보충할 수 있는 길이었다. 보통은 밥물로 하지만 좁쌀물을 시도한 건 예비였다. 좁쌀은 신장에 좋은 곡류. 세상에는 늘 예외가 있으니 쑨빙빙이 그랬다. 그의 질병은 병명조차 제대로 나오지 않는 상황이 아닌가?

두 개의 죽물을 들고 쑨빙빙의 혼탁에 견줘보았다. 쌀에서 받은 죽물이 우세했다. 그대로 쌀죽물로 가려다가 두 죽물을 섞어보았다.

"⋯⋯!"

민규 눈알에 힘이 들어갔다. 두 죽물이 섞이자 미세한 상승 작용이 일어났다. 쑨빙빙에게는 1%라도 더 높은 확률이 필요한 상황. 최적의 비율을 찾아 죽물로 삼았다.

민규가 구상한 요리는 모두 여섯 가지 코스였다. 기로에 선 환자지만 그는 수십만 사원을 거느린 경영인이었다. 게다가 인생 역전의 운명의 패도 받은 사람. 각별하게 모시고 싶었다.

—황련.

—대맥.

—구기자.

—잉어와 생마.

—수수와 양고기.

민규가 뽑은 주요 식재료였다.

전체로 나간 초자연수는 마비탕으로 정했다. 다음으로 쑨빙빙의 상태를 돌아보니 결론이 나왔다.

—약선백봉령황련미음.

—약선잉어회마쌈.

—약선수수양고기죽.

—약선율무대맥미음.

—약선황정국화차.

메뉴가 정해지자 돌아보지 않았다. 마비탕을 내주고 바로
첫 요리에 돌입했다.

죽물과 백봉령, 그리고 황련.

죽물과 백봉령으로 정을 보충해 신장의 원기를 북돋고 황
련으로 심장의 열을 잡으려는 구상이었다. 말린 황련을 쓰면
심장의 열을 잡을 수 있었다.

죽이 끓기 시작했다. 불을 낮추고 뭉근하게 끓여냈다. 마
무리로 들어간 건 볶은 소금과 감초였다. 한 알, 한 알 갯벌의
향을 간직한 굵은 소금을 가려 볶았고 감초 역시 성분이 좋
은 부분을 골라 가루로 넣었다. 이들 둘 또한 빨라진 심장을
잡는 데 유용했다.

말린 황련과 백봉령가루에 죽물. 완성된 요리는 거의 미음
과 같았으니 체에 거를 것도 없었다. 작은 무색 질그릇에 담
아 첫 그릇을 세팅했다.

"정기를 보충하고 심장을 다스리는 약선백봉령황련죽입니
다."

요리에 대한 설명을 했다. 휠체어에 탄 쑨빙빙은 맥없는 미
소로 요리를 보았다. 머리는 맑아졌지만 기력은 바닥이었다.

쑨차오의 딸이 나와 시중을 들었다. 접시가 바닥나자 반 그
릇을 추가해 주었다. 죽물에 이어 황련 성분이 퍼지면서 변화
가 보였다. 신장의 혼탁이 밝아지는가 싶더니 심장의 폭주가
주춤거렸다. 죽으로 보충된 정기로 신장의 파워가 늘어난 덕
분이었다.

"좋군요. 몸에 군불이 지펴지는 기분입니다."

황련미음을 먹은 쑨빙빙의 반응은 좋았다. 어깨를 들썩이
고 다리도 뻗었다가 폈다. 어쩌면 금세라도 두 다리로 일어설
것만 같았다.

"아버님."

"할아버지."

쑨차오와 딸의 표정도 환하게 펴졌다. 거실 소파에서 주목
하던 쩌우정도 조용히 고개를 끄덕거렸다.

'좋았어.'

민규가 고무되었다. 쾌재를 삼키고 두 번째 요리에 돌입했
다. 도마 위에 잉어가 올라갔다. 쑨빙빙의 시선이 격하게 출렁
거렸다.

'죽고 싶지만 떡볶이는 먹고 싶어'

그런 책이 있었다. 쑨빙빙의 눈빛도 다르지 않았다. 쓸개즙
을 썰어 넣은 약선이라도 먹을 각오가 되어 있지만 잉어에게
끌리는 것이다.

'죽은 사람 소원도 들어주는 판에.'

잉어를 고르기 위해 들통의 뚜껑을 여는 순간, 잉어 한 마리가 펄쩍 도약을 했다.

"어!"

종규가 앞치마를 펼쳐 잉어를 받았다. 잉어의 힘은 상상 초월이었다. 민규는 머리를 쳐서 잉어를 기절시켰다. 찜은 아니었다. 민규는 잉어살을 종잇장처럼 얇고 넓게 떠냈다. 그런 다음 생마를 실채로 썰어 잉어살병으로 감아냈다. '약선잉어회 마쌈'이었다. 투명한 잉어살에 실낱같은 생마채. 겨자와 복숭아즙을 몇 방울 넣은 건 금형 체질을 위한 배려였다.

잉어 역시 회로 먹으면 기가 막힌 걸 풀어준다. 마는 힘줄과 뼈를 튼실하게 만드니 앞서 들어간 약선황련죽의 활성화를 위한 조치였다. 접시 바닥에 산수유와 꿀을 섞어 잉어의 비닐 36개를 플레이팅으로 그려 넣었다. 용궁의 요리처럼 보였다.

"부탁합니다."

다시 쑨차오의 딸에게 접시를 넘겼다. 달달한 잉어살에 부드러운 마채. 입에 넣으면 그냥 넘어갈 음식이었지만 여기서 반전이 나왔다. 다섯 쌈을 다 먹기도 전에 쑨빙빙의 생기가 무너져 내린 것. 완전히, 완전히였으니 눈에서 초점이 사라지고 삶은 배추처럼 늘어져 버렸다. 조금 전 샘솟던 생기는 찾을 길이 없었다.

일대 반전.

민규에게는 위기에 다름 아니었다.

"셰프님!"

쑨차오의 딸이 민규를 불렀다. 찢어지는 목소리는 비명에
가까웠다.

8. 잉어에서 용으로

"……!"

쑨차오와 쩌우정은 이내 사색이 되었다. 쑨빙빙은 거의 식물인간처럼 보였다. 민규가 오장육부를 리딩했다. 생기가 급격하게 다운된 건 사실이지만 오장은 반응하고 있었다.

"손대지 마십시오. 식사 중이십니다."

민규가 차분히 답했다.

"식사라고요?"

쑨차오가 물었다.

"자세히 보십시오. 쌈이 조금씩 넘어가고 있잖습니까?"

"셰프……."

"쉬잇!"

민규가 정숙을 강조했다. 쑨차오의 시선이 아버지에게 돌아갔다. 어떻게 보면 잉어쌈이 넘어가는 것도 같았다.

'하긴……'

쑨차오가 마음을 달랬다.

목욕탕에서 나온 아버지 모습이 스쳐 갔다. 쑨차오는 보았다. 아이처럼 맑아진 아버지의 눈동자. 아버지가 병상에 누운 후로 본 적이 없는 청량함이었다. 게다가 잠깐이지만 생기가 폭발하지 않았던가?

민규 말은 맞았다. 쑨빙빙은 다섯 쌈을 다 넘겼다. 하지만 그것을 먹는 데 걸린 시간이 무려 1시간이었다.

계획을 수정했다. 죽 요리로 내려던 약선수수양고기를 미음으로 바꾸었다. 수수와 양고기를 고아 체에 내린 것. 어차피 포만감을 주자는 건 아니었다. 덕분에 시간이 또 지체되었다.

—약선수수양고기미음.

질병이라는 관점에서 보면 약선황련죽이 메인이지만 요리로 보면 이게 메인이었다. 양고기는 신경, 비경에 들어간다. 중초를 따뜻하게 하고 허한 것을 보하며 기를 보충한다. 중초는 단전과 연관된다. 쑨빙빙이 만인 앞에 두 발로 나서려면 중초의 강화가 필수적이었다.

여기에 더해 수수는 비장의 비경과 폐의 폐경에 작용한다. 건비지사, 익기온중, 화담안신의 효능이 있으니 상호 상승작용을 하면 침대의 무기력한 환자를 벌떡 일어나게 할 수도 있었다.

톡!

화룡점정은 거위기름 투척이었다. 거위기름은 귀를 잘 들리게 한다. 청력 또한 인간의 품격. 귀가 안 들리는 경영자라는 건 있을 수 없었다. 폐에 좋은 호두가루를 마지막 고명으로 뿌려 세팅을 했다.

"약선수수양고기미음입니다."

이번에도 쑨차오의 딸에게 넘겨주었다. 미음이니 쌈보다 나았다. 입에 넣어주면 목을 타고 내려갔다. 한 숟가락 먹이는 데 5분은 걸리는 것 같았다. 그렇다고 식도에 퍼부을 수도 없었다. 그렇게 먹는다면 그건 요리가 아니었다.

이제 남은 요리는 하나였다.

―약선율무대맥미음.

양은 많지 않았다. 대맥은 오장을 고루 튼실하게 한다. 약선수수양고기죽으로 오장의 기력을 올렸으니 그걸 고착시키려는 후속타였다. 가을에 파종한 대맥이라 성분은 최상이었다. 율무를 더한 건 역시 폐장을 위한 조치였다. 쑨빙빙은 금형이다. 오장육부 중에서 폐대장이 중심을 이루는 체질. 그러니 이제 폐를 소홀히 할 수 없었다.

큰 사슴 녹용의 중대로 만든 녹각교를 녹여 넣고 침사와 몰석자, 진피 등의 약재가루를 섞은 반천하수로 율무와 대맥

가루를 반죽했다. 신묘한 약제는 반천하수로 달인다는 말을 기준으로 삼아 반천하수를 반죽물로 삼았다.

녹용의 중간 부분인 중대는 힘줄과 뼈를 강화시킨다. 진피 역시 중초의 조화를 도모하며 나쁜 습을 제거하고 맺힌 것을 풀어주는 작용을 하며 미량으로 넣은 침사와 몰석자는 한 세 트로 쓰면 머리카락을 검게 하는 작용을 했다. 기왕에 새로 고침 하는 것이니 보너스로 넣었다.

"셰프님."

율무대맥미음의 첫 숟가락을 먹이던 쏜빙빙의 손녀가 민규 를 바라보았다. 쏜빙빙이 경련하고 있었다. 반쯤 들어간 미음 도 넘길 생각이 없어 보였다. 그사이에 오장육부의 기력이 훅 내려앉고 말았다. 서둘러 몇 혈자리를 자극했다.

합곡혈과 내관혈, 곡지혈에 족삼리를 지나 태충혈까지 자극 했다. 이 다섯 혈자리는 소화에 도움을 주는 혈자리였다. 급 할 때 저절로 생각나는 건 정진도의 축복이었다.

꾸욱!

태충혈을 잡을 때였다. 트림과 함께 위장의 길이 뚫리는 신 호가 들렸다.

"아!"

쏜차오는 차마 볼 수 없어 고개를 돌렸다. 아버지의 사투였 다. 그러나 아무것도 해줄 게 없는 자식. 그 현장을 지켜보자 니 애가 타는 것이다. 거기서 또 손녀의 손이 멈췄다. 말없이 민규를 바라보는 손녀. 쑨빙빙의 몸은 완전히 늘어져 있었다.

"계속 먹이세요."

민규의 지시는 한결같았다.

"셰프님……."

손녀의 눈에서 눈물이 떨어졌다. 그녀로서도 못 할 짓인 것이다.

"셰프……."

쑨차오도 애잔한 마음을 참지 못했다.

"언덕입니다."

시선을 쑨빙빙에게 둔 채 민규가 말했다.

"언덕?"

"높은 언덕을 어떻게 올라갈까요? 뒤로 물러나 탄력을 받아야 합니다. 아버님은 지금 도움닫기를 하기 위해 오장육부의 바닥까지 내려가고 있습니다."

"……."

"나쁜 게 아니고 좋은 겁니다. 어정쩡하게 내려갔다 올라오면 언덕을 넘을 수 없습니다. 그런 이치는 잘 아시지 않습니까?"

"……."

"마음이 아리면 따님의 미음 그릇을 받으십시오. 아들과 손녀의 마음이 합해지면 더 많은 기가 실릴 수도 있지요."

"셰프……."

"회장님은 다 듣고 계십니다. 죽은 사람도 한동안 귀가 열려 있는데 하물며 산 사람은 어떻겠습니까?"

"……!"

그 말이 쥐약이었다. 쑨차오는 정신이 번쩍 돌아왔다. 딸의 그릇을 받아 든 쑨차오가 미음을 떠 넣기 시작했다. 조금씩, 조금씩 마음을 담아 넣었다. 미음은 30여 분이 지나서야 겨우 바닥을 보았다.

"마지막입니다."

약선황정국화차가 나왔다. 황정과 국화는 한국에서부터 가져온 것이었다. 잉어찜을 바라는 목적을 알기에 최상급을 구해 왔다. 황정은 둥굴레로도 통한다. 흔한 둥굴레와 국화의 매칭에 어떤 의미가 있을까? 그런데 이 두 약재의 효능은 그렇게 만만치가 않았다. 양생법이라는 걸 알면 더욱 그렇다.

'죽지 않는 진인이 되는 법.'

거기 두 가지 선약(仙藥)이 나온다. 그게 바로 황정과 국화 꽃 잎이었다.

"마지막이랍니다. 아버님, 힘드시겠지만 참고 드시기 바랍니다."

정중한 멘트와 함께 차가 들어갔다. 그 또한 이슬을 먹이듯 오랜 시간이 걸렸다. 마지막 한 방울이 톡. 그것으로 식사는 끝났다. 쑨차오가 민규를 돌아보았다. 민규는 의연히 쑨빙빙을 보고 있었다. 오장육부는 잠잠했다.

"그냥 두시고 조금 지켜보죠."

민규가 정리를 했다. 쏜차오와 딸, 쩌우정이 물러났다. 민규
도 창가로 물러나 잠시 쉬었다. 순간 주방 쪽에서 와당탕 소
란이 일었다. 남은 잉어 두 마리가 기어이 들통을 뛰쳐나온
것. 워낙 힘이 좋은 놈이다 보니 삽시간에 주방은 엉망이 되
었다.

"뭡니까?"

마당으로 나갔던 쏜차오가 뛰어 들어왔다. 그때였다. 잉어
중의 한 마리가 이리저리 튀다가 쏜빙빙의 휠체어 위로 뛰어
올랐다.

펄쩍!

"……!"

사람들의 시선이 잉어를 따라갔다. 잉어는 하필이면 쏜빙빙
의 무릎에 떨어졌다가 바닥으로 내려왔다. 종규가 달려들어
제압을 했다. 그때 낮은 목소리가 소란 속에 들려왔다.

"그놈, 힘이 장사구먼."

잉어를 제압하던 민규와 종규가 돌아보았다. 쏜빙빙이었다.
언제 정신이 돌아왔는지 상반신을 살짝 세운 자세였다. 그 해
사한 얼굴에서 또 한 번의 목소리가 밀려 나왔다.

"힘이 장사야."

＊　　　＊　　　＊

"드시지요."

쩌우정이 야외 식탁을 가리켰다. 거기 몇 가지 중국 전통요리가 갖춰져 있었다. 쩌우정, 잠시 보이지 않더니 뒤쪽에 딸린 주방에서 민규와 종규를 위한 요리를 내왔다. 이제는 그도 요리사 복장이었다.

"선생님……."

느닷없는 선물에 민규는 말문이 막혔다. 쩌우정이 동네 중국집 주장방 이름이던가? 그는 중국이 자랑하는 셰프 중 하나였다. 댜오이타이의 요리국장을 역임한 적도 있었고, 인민대회와 당 서기들의 만찬에도 단골이었다. 그렇기에 중국에서 내로라하는 갑부치고 그를 모르는 사람이 없을 정도였다.

그러나 그는 쑨빙빙과 각별했다. 둘만의 사연이 있었으니 쩌우정을 중국 중앙 무대로 밀어준 게 바로 쑨빙빙이었다. 덕분에 쩌우정은 화려하게 꽃을 피웠다. 자칫하면 작은 성도의 최고로 그쳤을 그였지만 쑨빙빙을 만나 요리의 꽃을 피운 것이다.

이 자리에 참석한 건 죄의식 때문이었다. 그는 사실 쑨빙빙의 정기(精氣) 손실이 재발하던 때부터 도움을 자청했다. 중국 산삼을 시작으로 동충하초, 웅담 등 구할 수 있는 모든 것으로 잉어찜을 만들어 바쳤다. 쑨빙빙의 은혜를 잊지 않은 그였고 쑨빙빙에게 일어난 잉어의 전설도 알고 있던 그였다. 하지만 성공하지 못했다. 그래서 마음 아파하던 차 얼마 전, 경악의 소식이 들려왔다.

"회장님이 찾던 잉어찜이 왔어요."

전화를 받은 날, 그는 자신의 귀를 의심했다. 중국 천지와 동남아까지 수소문해도 나오지 않던 쑨빙빙의 잉어찜이었다. 다음 날 저택을 방문한 그는 그 자리에서 굳어버렸다.

"어서 오시게, 쩌 셰프."

쑨빙빙이었다. 쑨빙빙은 침대에서 일어나 휠체어에 앉아 있었다. 더구나 자신을 알아보았다.

"회장님!"

쩌우정은 무릎이 풀려 쓰러졌다. 지상에는 없을 줄 알았던 그 잉어찜. 전설의 한 페이지가 되어버린 그 잉어찜을 재현해내는 셰프가 있었다니…….

오늘 참석한 것도 그 사연의 연장선상이었다. 아침에 호텔 주방장에게 전화를 받았을 때부터 감은 좋았다. 민규의 칼 솜씨와 약수 제조 실력 때문이었다. 중국 요리사라면 누구든 칼에 대한 자부심이 강했다. 유럽의 셰프들이 매 재료마다 칼을 바꿀 때도 오직 하나면 되는 까닭이었다. 더구나 주방장은 쑨빙빙의 제자들 중에서도 칼 다루는 솜씨가 정상급이었다. 그런 그가 감탄할 정도라면 요리의 도를 이룬 게 틀림없었다. 게다가 '칼'에 더해 '물'까지 있었다.

다른 셰프라면 요리 과정을 일일이 체크하겠지만 민규는

달랐다. 잉어를 보는 눈도 그랬고 재료를 다루는 솜씨가 그랬다. 그는 미세먼지를 머금은 부분까지 골라내는 혜안의 눈이었다. 요리는 선약을 짓는 것만 같았고, 요리는 하나같이 정갈했다.

사실 화려한 요리는 어렵지 않았다. 그건 어느 정도의 요령만 있어도 가능한 일이었다. 그러나 식재료의 성분을 고스란히 살려내는 정갈한 요리는 참경지에 이른 자가 아니면 구현할 수 없었다.

'쑨 회장님은 일어난다.'

민규가 첫 미음을 쑬 때 쩌우정은 그런 결론에 닿았다. 황련 하나지만 죽물의 포스부터 달랐다. 그 안에 들어간 건 쌀과 좁쌀에서 우려낸 죽물. 그건 강에서 골라낸 금덩이와 다르지 않았으니 의심할 나위가 없었다.

잉어가 들통에서 탈출하기 전, 쩌우정은 이미 별채의 주방에 있었다. 자신이 하고 싶던 쑨빙빙 회장의 회복 요리. 그러나 능력 부족……

그는 민규에 대한 시기보다 보답을 택했으니 요리에 지친 민규와 종규에게 중국요리를 안겨줄 계획이었다. 그는 요리사. 그렇기에 알고 있었다. 댜오이타이 같은 국가 귀빈 행사가 그랬고 당 서기들의 만찬이 그랬다. 적게는 몇 명부터 많게는 수십 명 분량의 요리를 해대고 나면 진기가 빠져나간다. 그때마다 반복되는 게 '제때 챙겨 먹지 못하는 끼니'였다. 남들에게는 산해진미를 내고 정작 그들 자신은 가장 빠르게 먹을 수 있는 요리를 먹는다. 많은 셰프들이 그랬다.

"마치 보물을 받은 기분입니다."

민규의 인사는 의례적인 게 아니었다. 쩌우정의 요리가 그랬다. 식재료 하나하나의 숨결을 살려놓은 요리들. 풍미도 부드러워 옥침이 절로 나왔다.

"보물은 보물을 먹어야 하는 법이지요."

인사와 함께 그가 물러났다. 과연 진정한 일가를 이룬 사람은 달랐다.

"우와, 호텔 것보다 더 끝내줘."

몇 가지를 덥석거린 종규가 맛김을 뿜어냈다.

"많이 먹어라. 배고플 텐데……."

"배야 형이 고프지. 아까 클라이맥스도 그렇고……."

"클라이맥스?"

"회장님 늘어졌을 때 말이야. 나는 심장이 쫄깃했어."

"그럼 그 마파두부하고 병어찜 많이 먹어라. 두부하고 생선에는 심장에 좋은 게 많이 들어 있잖아? 그렇게 자주 쫄깃거리면 쓰겠냐?"

"그래도 가끔 쫄아야 인간답지 않아? 안 쫄면 AI지."

종규가 웃었다.

"꺄악!"

식사 도중에 다시 비명의 천둥이 쳤다.

"형?"

놀란 종규가 벌떡 일어섰다.

"괜찮으니까 그냥 먹어라."

"비명이잖아?"

"착한 비명이야. 좋은 소식 들려올 거니까 어서 먹기나 해."

민규는 작은 접시에 요리를 덜었다. 예상대로 쑨빙빙의 손녀가 뛰어나왔다.

"셰프님, 셰프님."

숨넘어가기 직전의 그녀가 낭보를 알려주었다.

"할아버지가 일어섰어요. 머리도 까매지고 귀도 잘 들리세요!"

"셰프님!"

쑨빙빙이 손을 내밀었다. 휠체어가 아니라 두 발이었다. 아직 마음대로 걸을 정도는 아니었다. 하지만 누구의 도움 없이도 서 있었다.

짝짝짝!

쑨차오와 쩌우정의 박수가 나왔다. 둘의 모습은 더없이 흐뭇해 보였다.

"마침내 또 한 번 폭포를 넘으셨군요?"

"늙은 용이 봐줄 만합니까?"

쑨빙빙이 웃었다.

"용은 만년을 사는 신성이니 고작 90에 늙었음을 논할 수 없습니다."

"과연 그렇군요. 고맙소이다."

쑨빙빙의 두 손이 민규 손을 잡았다. 간절함과 간곡함이 담긴 손길이었다.

"단전은 어떻습니까?"

"힘이 들어오고 있어요. 생각 같아서는 정말이지 황하의 폭포라도 뛰어오르고 싶소이다."

"그러셔야죠. 그럴 수 있을 겁니다."

민규가 답할 때 들통의 잉어들이 푸드덕거리는 소리가 들렸다. 쑨빙빙이 천천히 걸어가 잉어를 보았다.

"아까 말이오, 셰프의 요리를 먹으며 잠시 나른해졌을 때, 황하에서 이놈들과 유영하는 환상을 보았다오."

"예……."

"내가 힘이 조금 부족해 추락하나 싶었는데 이놈들이 나를 받쳐 올려주었어요. 그 기쁨에 깨어보니 이놈이 무릎에 있더군요."

"예……."

"지금은 이 잉어 두 마리가 메신저로 보입니다."

"……."

"셰프는 알죠? 그 메신저… 내가 무슨 말을 하고 있는지……."

"그럼요. 제게도 메신저로 보이는걸요."

민규가 웃었다. 두 잉어… 쑨빙빙에게 환생 메신저와 전생 메신저로 보이는 것도 무리가 아니었다. 잉어를 바라보던 두 사람의 시선이 허공에서 만났다. 민규와 쑨빙빙은 이심전심으로 통했다. 지켜보는 사람들에게는 선문답에 불과하겠지만……

"셰프!"

창가의 휠체어에서 쑨빙빙이 입을 열었다. 이제 안에는 민규와 쑨빙빙 둘뿐이었다.

"말씀하십시오."

"아까 두 잉어가 메신저처럼 보인다고 말했지만 사실 오늘의 메신저는 오직 하나라오. 한국에서 날아와 준 이민규 셰프, 당신."

"……"

"보답을 해야겠어요."

"아닙니다. 이미 아드님께서……"

"당신이 내 아들의 목숨을 구했소?"

"예?"

"당신이 구한 건 내 목숨이오. 게다가 아직 내 아들들보다 내 앞으로 되어 있는 재산이 더 많고……"

"회장님."

"운명 수정 프로그램이 보낸 메신저들이라면 보답이 필요

없을 수도 있겠지만 당신은 사람이 아니오? 게다가 나도 그때처럼 쪽박 인생으로 당신을 만난 것도 아니고."

"회장님."

"혹시 램프의 거인 이야기를 아시오?"

"예……."

"그런 말이 있더이다. 그가 램프에 갇히게 되었을 때 첫 100년은 누군가 자신을 꺼내주면 금은보화에 묻혀 죽을 정도로 안겨주겠다고 했다죠. 그다음 100년에는 왕으로 만들어주고… 하지만 그다음 100년에는 누군가 자신을 꺼내면 그 자리에서 죽여 버리겠다고……."

"……."

"나는 100년을 채우지 못하고 일어났으니 첫 번째에 해당되지 않겠소?"

쑨빙빙의 시선은 민규의 눈동자를 겨눈 채 움직이지 않았다.

"회장님!"

"만약 거절하신다면 셰프는 내 병을 다 고쳐준 게 아니오."

"……?"

"그게 내 마음에 회한으로 남을 테니까. 그렇지 않겠소? 기사회생했지만 나이로 보아 천년만년 살 것도 아니오. 그러니 나도 뭔가로 셰프를 대접하도록 수락해 주시오."

"……."

"셰프."

"그러시다면 지난번에 하신 것처럼 금잉어 한 마리면 충분합니다. 그 잉어가 짝이 필요해 이런 인연을 만든 것 같으니."

"그건 내 아들이 할 일이오."

"회장님."

"그때 아들이 그런 말을 하더군요. 사실은 셰프 식당 앞의 연못을 황금잉어로 다 채우고 싶었는데 셰프의 인품 때문에 무리할 수 없었다고요."

"……"

"그걸 내가 할지도 모릅니다."

"하지만 저는 거기까지 생각해 보지 않았습니다. 이런 경우를 바라고 요리를 한 것도 아니고요."

"당연히 그렇겠지요. 만약 그렇게 때 묻은 마음으로 요리를 했다면 어떻게 그런 신성한 약선이 나올 수 있었겠습니까?"

"회장님."

"의식이 멀어지는 중에도 느껴지더군요. 그 요리… 미음인지 죽인지… 그건 먹어서 허비하는 요리가 아니라 목숨으로 쌓이는 요리였소. 차곡차곡."

차곡차곡.

그 단어에 힘이 들어갔다.

"……"

"아마 쩌우정도 같은 생각일 겁니다. 그도 지켜보았으니까요."

"……."

"지난번의 잉어찜이 목숨의 문을 열었다면, 이번 요리는 그 목숨의 갈래 마디마디에 생기와 정기를 불어넣는 느낌이더군요. 한 입을 먹으면 가슴의 경락이, 또 한 입을 먹으면 등의 경락에 불이 들어오는 기분이었습니다. 그리고 마침내 그 불길이 저 발끝의 모세혈관까지 닿는 기분이란……."

"……."

"다시 젊은 날로 돌아갈 수 있다면 셰프의 죽으로 사업을 하고 싶소. 그거라면 내가 중국은 물론이오, 죽 문화권은 다 섭렵할 자신이 있습니다."

"……."

"내 할 말은 다 했소. 이제 셰프 차례요."

"회장님."

"예."

"방금 제 죽으로 사업을 하고 싶다고 하셨습니다. 그 말씀은 진심입니까?"

"맹세코 진심이오."

"그렇다면 잠깐만 기다려 주시기 바랍니다."

민규가 핸드폰을 들고 일어섰다. 창 쪽으로 걸어가 번호를 눌렀다. 수신자는 양경모 회장이었다. 쑨빙빙 회장, 그냥은 물러설 기세가 아니었다. 난감한 차에 묘수가 떠올랐다. 둥방삐이, 쑨펑하이, 시나푸드… 양경조 회장이 중국 진출의 교두보로 삼고 싶어 하던 회사들이 아닌가?

"양 회장님."

민규가 운을 떼었다. 설명을 들은 양 회장이 반색을 했다.

"그럼 제가 다리를 놓아보겠습니다."

간단히 통화를 끝냈다. 뜻이 있는 곳에 길이 있다더니 서로 원원할 수 있는 방법이 손에 닿았다.

"아까 램프의 거인을 예로 들어 금은보화를 주고 싶다고 하셨죠?"

쑨빙빙 앞으로 돌아온 민규가 물었다.

"마음을 정하셨소?"

쑨빙빙의 표정이 밝아졌다.

"금은보화 상자 말입니다. 금은보화는 필요 없고 계약서를 한 장 담아주십시오."

"계약서?"

"실은 제가 만든 죽을 모델로 나온 약선죽 상품이 있습니다. 한국의 육성그룹이라는 회사인데 약선죽의 가치를 알아주는 중국 쪽 회사와 조인트를 원합니다. 제 약선죽에 대해 하신 말씀이 지나가는 말이 아니라면 그 상품을 테스트한 후에 합작을 해주시면 고맙겠습니다. 저쪽에서도 쑨펑하이에 대해 호의적으로 생각하고 있습니다."

"쑨 부회장."

쑨빙빙이 인터폰을 눌렀다.

―예, 아버님.

인터폰에서 쑨차오의 목소리가 나왔다.

"당장 들어오거라."

쑨빙빙의 명령은 추상과 같았다. 쑨차오는 촌각의 지체도 없이 들어섰다.

"셰프께서 내 청을 수락하였다."

"예."

"한국의 육성그룹, 거기서 셰프의 약선죽을 상품으로 만든 모양이다. 혹시 아는 게 있느냐?"

"육성그룹이라면… 셋째 쪽 파트에 접촉이 왔다고 들었습니다. 하지만 죽이 무슨 돈이 되냐며 거들떠보지도 않았다고……."

"죽 나름이지."

"……."

"네가 나서서 당장 샘플을 구해 분석하고 크게 무리가 없다면 양쪽에 도움이 되는 조건으로 계약을 맺도록 하거라."

"그렇게 하겠습니다."

쑨차오가 답했다. 그 목소리 또한 활기에 넘쳤다.

"고맙습니다."

"고맙습니다."

쑨빙빙의 저택은 민규에게 하는 인사로 가득 찼다.

다시 헬기를 기다리는 동안 민규는 쩌우정에게 고마움을

전했다. 하루는 고단했지만 고단한 기억만 있는 건 아니었다.

호텔에서 맛본 중국요리가 그랬고 쩌우정의 요리가 그랬다. 중국요리의 대가들로부터 맛본 저력은 굉장했다.

중국요리의 특징으로 꼽히는 기름 타입 요리.

그리고 그 기름을 전혀 쓰지 않은 댜오이타이의 무기름 타입 요리.

두 가지와 함께 각종 면요리까지 체험하니 중국요리의 깊고 넓은 세계를 알 것 같았다.

"선생님의 감동명품요리는 잊지 않겠습니다. 제자분께 요청해 주신 호텔요리도요."

"별말씀을… 나는 세월의 힘으로 간신히 익힌 재주인데 셰프는 타고난 재능의 요리사이니 앞으로 얼마나 많은 발전을 이룰까 부럽기만 합니다. 한편으로는 셰프가 우리 중국인이 아니라는 게 아쉽기도 하고요."

"정말 아쉬운 건 접니다. 중국요리는 대륙과 같아 이제 겨우 한 자락을 맛본 셈이니까요."

"내심 한국 요리를 가볍게 생각하고 있었는데 셰프가 그 생각을 바꾸게 했습니다. 어쩌면 우리 대륙의 내공을 다 합쳐도 부족할 것만 같아 얼굴이 뜨겁습니다."

"선생님의 과찬이십니다. 제가 실은 주한 중국 대사 사모님에게도 인정받지 못하는 솜씨입니다."

"주한 중국 대사 사모님이면 후밍위안 말입니까?"

"아는 사이십니까?"

"알다마다요. 중국에서는 요리 사모님으로 더 유명하지요. 나는 큰 인연을 맺지 않았지만 다른 셰프들은 그 사람을 많이 모셨지요. 칭화대학교 때부터 요리 쪽 사람들하고 왕래가 많았거든요."

"내공이 막강하시더군요. 그러니 저 정도는 쳐다보지 않을 만도 합니다."

"그 양반이 중국요리에 대한 애정이 각별하긴 합니다. 세상의 모든 요리가 황하에서 비롯된 줄 알지요. 하지만 이 셰프님을 박대하는 건 지나칩니다. 무슨 엮인 일이라도 있으십니까?"

"실은……."

내친김에 사연을 들려주었다.

"하오펑이 이번 주한 중국 대사관 외교 만찬을 주관한다고요? 그 친구는 새로운 국수요리를 발굴하느라 두문불출하는 걸로 아는데……?"

"그분과도 교분이 있으십니까?"

"있다마다요. 같은 스승에게 요리를 배웠습니다. 중국 말로는 사형(師兄)이고 요즘 말로 치면 제가 대선배 격이지요."

"아, 네……."

"그런데 그 친구도 아니고 그 친구의 수제자가 맡을 만찬에

이 셰프를 배격했다는 말씀입니까? 수제자라면 약관의 허우 밍일 텐데⋯⋯."

"일이 그렇게 되었다고 들었습니다."

"허어, 이런 무지를 보았나? 약국수 명인이라는 칭호를 얻더 니 국수의 신이라도 된 줄 아나? 이 셰프라면 오히려 청해서 깊은 요리 세계를 배워야 하거늘⋯⋯."

"과찬이십니다."

"아닙니다. 이건 도무지 묵과할 수 없군요. 중국의 자존심 이 아니라 망신살입니다. 진정한 요리란 죽을 때까지 정진하 는 도와 같거늘, 다른 때는 제멋대로 괴팍한 친구가 후밍위안 의 말만 듣고 무례를 저지르다니."

쩌우정이 핸드폰을 꺼냈다. 민규가 뭐라고 하기도 전에 통 화를 시작했다.

"하오펑 선생, 나 쩌우정일세."

몇 마디 안부 말 뒤에 호통 비슷한 목소리가 이어졌다.

"이번에 한국에서 외교 만찬을 맡으셨다고?"

상대가 뭐라고 대꾸했지만 쩌우정은 일방통행으로 밀어붙 였다.

"그 외교 만찬, 하오펑 선생이 직접 가시게. 가서 후밍위안 이 거론한 그 한국 셰프와 함께 한중 요리의 우애를 겨뤄보시 게나. 단!"

잠시 숨을 고른 쩌우정이 단호하게 뒷말을 이었다.

"내가 보증하는데 각오 단단히 하고 가서야 할 걸세."

쩌우정은 이내 통화를 끝냈다.

"선생님."

"하오펑이 성격이 괴팍하긴 하지만 결혼도 안 하고 중국의 면요리에만 정진해 일가를 이룬 사람이오. 그동안 뭐 새로운 면요리가 없나 궁리하던 참인데 셰프께서 참요리로 그 친구의 눈을 좀 터주길 바라오."

"선생님……."

"괜히 기대가 되는군요. 후생가외(後生可畏) 말입니다. 젊은 이 셰프 속에 숨겨진 요리의 바다를 보고 놀랄 하오펑을 생각하니 웃음부터 나오는군요. 그 괴팍한 성격이 어떻게 감내할는지……."

"……."

"나쁜 사람은 아니니 잘 교류하시고 다음에는 나와도 함께 테이블을 차려보도록 합시다. 요리사들에게 국적이나 국경이 상관일 리 없잖습니까?"

"말씀이라도 고맙습니다."

미규가 인사를 전했다. 뜻밖의 행운이었다. 특히 영부인이 좋아할 일이었다.

하지만 호사다마.

해피 엔딩 뒤에 나쁜 일도 있었다. 헬기 조종사가 예정보다 한 시간도 더 늦게 도착한 것이다. 조종사가 타고 오던 차량

이 막혀 버렸다고 한다. 앞쪽에 사고가 난 까닭이었다.

"형, 비행기 시간 늦겠어."

짐을 꾸린 종규가 안달을 했다.

"이건 오늘 중으로 다 드시고 푹 주무시기 바랍니다. 내일 아침부터는 죽이나 미음 정도를 일상식으로 드셔도 될 것 같습니다."

민규가 쑨빙빙에게 생숙탕 두 병을 건네주었다. 남의 기혈 조화의 퍼즐을 맞춰줄 초자연수였다.

"안녕히 가십시오, 셰프!"

쑨차오와 딸이 손을 흔들었다. 쑨빙빙도 휠체어에 앉은 채 두 손을 흔들었다. 헬기는 서둘러 이륙했다. 오늘의 마지막 비행기였으니 늦으면 곤란했다. 내일 아침 약선죽 예약 손님들에게 불발탄을 안길 판이었다.

투타타타!

헬기가 속력을 냈다. 쑨차오의 당부였다. 10분 정도 시간을 당겼지만 더는 아니었다.

"틀렸어."

공항에 들어섰을 때 종규가 한숨을 쉬었다. 출발 시간 10분 전이었다. 출국수속이 끝났을 시간이었다. 출국 수속 카운터에 몇몇의 여직원들이 보였다. 그녀들이 들고 있는 피켓이 보였다.

이민규 선생.

민규 이름이었다. 쑨차오가 파견한 직원들이었다. 쑨차오가 항
공사 고위 간부와 연결해 둔 덕분에 카운터를 닫지 않고 있었다.

"하지만……."

겨우 표를 받아 든 종규가 울상을 지었다. 표가 있다고 비
행기를 탈 수 있는 건 아니었다.

"걱정 마시고 들어가세요."

여직원이 입국 수속장을 가리켰다. 그 말에 떠밀려 보안
검색을 받았다. 그런 다음 탑승 게이트를 찾았다. 시간은 이
미 15분이나 지난 후였다.

"형, 이거 헛수고 아니야? 비행기 이미 떴을 텐데?"

걸음을 재촉하던 종규가 울상을 지었다.

"그럼 어쩌냐? 다시 나오더라도… 응?"

탑승 게이트를 발견한 민규 눈이 휘둥그레졌다. 중국 국적
기의 탑승구는 아직 열려 있었다.

"우하!"

1등석 자리를 찾은 종규가 무너지듯 좌석에 앉았다. 쑨차오
의 위력이었다. 요로를 통해 민규가 도착할 때까지 비행기를
세워두라고 요청했던 것.

콰아아!

비행기가 날아올랐다. 하늘의 별과 베이징의 야경이 지평선

끝에서 만나는 게 보였다. 두 공간의 별은 잉어의 비늘처럼 은빛으로 반짝거렸다. 세상의 모든 것은 어디에선가 만난다. 요리의 식재료도 그렇고 삶도 그랬다.

쑨빙빙!

참으로 기묘한 인연이었다. 참담과 좌절의 수렁에서 만난 인생 역전의 기회. 쑨빙빙도 그 기회를 살려낸 사람이었다. 그렇기에 큰 기업을 일군 것.

기연.

그걸 중국 땅에 두고 한국으로 넘어왔다.

공항에는 쑨차오의 한국 지사장이 대기 중이었다. 그 또한 뜻밖이었다. 인간의 마음이란 화장실 갈 때와 올 때가 다른 법. 갈 때야 쑨빙빙의 사정이 급하니 의전(?)을 갖추었다지만 다 끝난 마당까지 수행한다는 건 진심이 없고는 취하기 어려운 일이었다.

"아무튼 고맙습니다."

긴말은 생략하고 세단에 올랐다. 핸드폰을 꺼낸 다음 비행기모드를 꺼버렸다. 문자가 쏟아졌다. 그것들을 확인할 때 전화가 울었다.

'영부인?'

발신 번호를 본 민규가 화들짝 놀랐다.

"여보세요."

전화를 받았다.

─이 셰프님, 지금 어디세요?

영부인의 목소리는 살짝 들떠 있었다.

"밖에 있습니다만 무슨 일이시죠?"

─통화 가능하세요?

"그럼요. 말씀하세요."

─전에 말씀드린 중국 대사관 외교 만찬 말이에요. 그게 해결되었어요. 후밍위안이 이 셰프님의 솜씨를 보고 싶다고 하네요.

"아, 그래요?"

─그러니 죄송하지만 시간 좀 꼭 내주세요. 영업 손실은 제가 따로 부담할게요.

"알겠습니다. 하명 기다리고 있겠습니다."

─와아, 역시 이 셰프님이세요. 좀 늦었지만 후밍위안이 이 셰프님 솜씨를 알아본 거죠. 기분이 너무너무 좋은 거 있죠?

영부인은 들뜬 목소리를 감추지 못했다.

통화를 끝내고 쩌우정에게 고맙다는 취지의 영어 문자를 넣었다. 그가 손쓰지 않았다면 오늘 밤 영부인의 행복은 없었을 일이다.

'하오펑……'

서울에 들어서면서 민규는 새로운 이름을 생각했다.

중국요리 최고봉의 한 사람인 하오펑.

그의 요리는 또 어떤 세계일까?

어떤 감동일까?

기대감에 심장이 뛰기 시작했다.

9. 용기를 주는 요리도 되나요? 1

민규네 초빛이 한 주를 시작하는 화요일.

그 아침은 새들의 합창으로 밝아왔다. 새들은 탑차의 머리 위에 있었다. 종규에게 정든 녀석들이 탑차를 알아본 것이다.

"동작 그만!"

조수석에서 내린 종규가 담장의 새들에게 소리쳤다. 새들 은 시기하게도 노래를 그쳤다.

"군기 그만 잡아라. 가만 보면 군대도 안 갔다 온 것들이 꼭……."

식재료를 내리던 민규가 조크를 던졌다.

"쳇, 내가 가기 싫어서 안 갔어? 불치병으로 면제가 되는 바람에 못 갔지."

"예, 신의 아들님."

"신의 아들이 이런 거 나르는 거 봤어?"

식재료를 둘러멘 종규가 웃었다.

"노가다는 신성한 거야."

"그나저나 수수쌀이 없어서 어떡하지?"

창고를 연 종규가 돌아보았다.

"그러게나. 어제 시골 장터 좀 돌았어야 하는 건데……."

"예약은 확실한 거냐?"

"예약까지는 아니었고 수수부꾸미가 먹고 싶다고 한 거 같아서……."

"나주상회에서 보내오면 다행인데 물건이 오기엔 좀 이른 시간이고……."

"전화해 볼까? 퀵으로 보내라고."

"아서라. 오서서 찾으면 양해 구하고 찹쌀부꾸미라도 해드리지 뭐."

민규가 마무리를 했다.

"셰프님!"

머잖아 재희가 출근을 했다. 할머니도 그 뒤를 이었다.

"중국 간 일은 잘됐어?"

할머니가 물었다.

"그럼요. 우리 형이 베이징부터 소주까지 확 쓸어버리고 왔어요."

"중국에도 소주가 있어?"

"먹는 소주가 아니고 지역 이름이에요."

"그렇지? 난 또 형제가 손잡고 소주만 까다 온 줄 알았네."

"잉어찜은요?"

재희가 민규를 바라보았다.

"잘 넘겼어. 쑨 회장님도 회복되었고."

"무슨 약재를 썼는데요?"

"야, 강재희."

종규가 말리고 나섰다.

"궁금해서 그래. 셰프님의 중국 원정기……."

"별다른 건 없었고 녹각교가 좋길래 그걸 썼다. 사향 구경
도 했고."

민규가 답했다. 배우는 시기에 있어 호기심은 좋은 스승이
기 때문이었다.

"와아, 사향도요?"

"보여줘라."

민규가 종규 옆구리를 쳤다.

"알았어."

종규가 사향을 꺼내 왔다. 소주에서 쓰고 남은 것이었다.
원래 사향의 반입은 허가를 받아야 한다. 하지만 정신이 없는
탓에 지나쳐 버렸다. 어젯밤 집에 와서 짐을 풀다가 알게 되었

다. 그걸 가지고 다시 인천공항으로 돌아가 신고할 수도 없어 그냥 두었다.

"소문하고 달리 냄새는 별론데?"

큼큼, 시향(?)을 한 재희가 인상을 찡그렸다. 민규가 웃었다. 사향이나 용연향, 침향 등은 최고의 향으로 꼽힌다. 하지만 원료 자체의 냄새까지 향기로운 건 아니었다. 더구나 정제하지도 않은 덩어리가 아닌가? 민규가 극미량을 떼어 물에 풀었다. 그런 다음 스프레이로 허공에 뿌렸다.

"와아, 이제 괜찮아요."

재희 눈이 동그랗게 변했다. 사향의 대변신이었다.

"일정이 바빠서 선물은 못 사 왔습니다. 그러니 이번 중국 원정 선물은 원방 사향의 향으로 대신해 주시기 바랍니다."

스프레이는 할머니의 허공에도 뿌려졌다.

"가만… 이게 그거여? 그 누구야, 양귀비인지 방귀비인지 중국에서 제일로 예쁘다는 여자가 쓰던 거?"

"맞습니다."

"흐음, 그럼 한 번 더 뿌려줘. 누가 알아? 나도 그렇게 곱게 변할지?"

할머니는 눈을 감은 채 얼굴을 내밀었다.

"알았어요. 아주 듬뿍 뿌려서 청춘으로 만들어 드릴게요."

종규의 장난기가 발동했다. 스프레이를 넘겨받더니 할머니의 허공에 이슬비를 만들어주었다.

"기왕이면 여기 쭈그렁 손에도."

할머니가 손을 내밀었다. 스프레이는 칙칙 잘도 발사되었다.

"자, 그럼 오늘도 출발해 볼까!"

주방의 민규가 칼자루로 도마를 두어 번 내려쳤다. 하루 일과의 시작이었다. 재희와 종규가 개수대로 뛰었다. 손을 닦은 둘은 각자의 자리에 섰다. 오늘도 시작은 약선죽이 열었다.

"안녕하세요?"

한 회전이 끝나자 전문직들이 들이닥쳤다. 이번 전문직들은 회계사들이었다. 40대 초반이 많았다.

"형, 저분이야."

종규가 끝 테이블을 가리켰다. 손님은 세 명. 그중 하나가 수수부꾸미를 언급했다는 예약자였다.

"안녕하세요!"

민규가 다가갔다.

"안녕하세요."

장정길이 인사를 받았다. 40대 초반의 그는 회계 법인의 팀 장이었다. 함께 온 사람들은 반백의 법인 중역들. 예약된 죽은 약선뚝새씨앗죽······.

"뚝새씨앗죽 예약하셨죠?"

"어, 안 됩니까?"

중역이 물었다. 안경 너머의 인상이 깐깐한 얼굴이었다.

"아닙니다. 수수부꾸미를 찾았다고 해서요."

"장 팀장이 찾았나? 자네가 여기 예약했잖아?"

중역이 장정길을 돌아보았다.

"아닙니다. 그냥 그런 메뉴도 되냐고……."

팀장이 말끝을 흐렸다.

"아침 아닌가? 간단하게 죽으로 먹고 가세나. 이 메뉴가 마음에 안 들면 자네는 다른 거 시키고."

"아닙니다. 괜찮습니다."

장정길이 답했다. 팀장의 목소리는 헐렁하게 들렸다.

"그나저나 뚝새씨앗 말이오, 셰프."

중역이 민규를 바라보았다.

"예."

"설마 중국산이나 그런 건 아니겠지?"

"절대요. 원하시면 식재료를 보여 드릴 수도 있습니다."

"그럼 한번 봅시다. 요즘 세상에 진짜 뚝새씨앗으로 죽을 하는 데가 있나 해서……."

중역이 안경을 고쳐 썼다.

"오, 이거 진퉁인데?"

씨앗을 보여주자 당장 감탄이 나왔다. 어릴 때 뚝새씨앗을 먹어본 모양이었다.

"우리 고향에서는 이걸 독사풀이라고 불렀어요. 어릴 때 국으로 많이 먹었는데 보리순만 할 때 먹으면 부드럽기가 그

지없었지요."

"우리는 씨죽으로 먹었습니다. 고무신을 벗어서 뚝새풀을 훑어대던 기억이 아련하네요. 어머니가 가마솥에서 죽을 끓여주면 동태알처럼 입안에서 톡톡 터졌었는데……."

이사가 감회로 맞장구를 쳤다. 60을 넘을 두 중역은 뚝새씨 앗을 제대로 알고 있었다.

"이게 잘 끓여야 하는데… 아니면 소여물 냄새가 나지?"

중역이 민규를 바라보았다.

"약선요리의 최고봉으로 꼽히는 셰프십니다. 염려하지 않으셔도 됩니다."

팀장이 의견을 개진했다. 그의 표정은 여전히 생기가 없었다. 덕분에 체질 창 체크에 들어갔다. 체질은 水형이었다. 오장육부의 리딩 결과가 아주 나쁘지는 않았다. 하지만 심장과 머리에 거친 혼탁 흔적이 보였다. 스트레스다. 증거는 눈에 띄게 허전해진 속알머리였다. 정수리 탈모가 시작되는 것이다.

'정수리 탈모……'

비장 아니면 신장의 기가 빠졌다. 비장 쪽 문제가 없으니 신간이 문제. 신장이 기가 조금 약하기 하지만 중병의 상황은 아니었다.

불린 쌀을 넣고 죽물을 따로 잡았다.

팀장의 죽에는 밥에서 얻은 죽물에 발모를 돕는 증기수를 소환했다.

스트레스가 있다면 소화가 잘 안 될 것은 자명한 일.

먹기 편한 죽이지만 상황을 고려해 초자연수 세트에 요수를 끼워주었다.

"물맛이 예술이군."

"진짜 약수로군요."

중역과 이사는 초자연수 예찬에 바빴다.

하지만 팀장은 간간이 웃으며 비위를 맞출 뿐, 자기 발언은 하지 않았다.

뚝새씨앗죽이 나왔다.

간은 하지 않았다.

딸림 찬은 묵은 짠지에 감아낸 흰 마였다.

짠지의 짭조름한 맛과 죽은 잘 매칭이 되었다.

"장 팀장, 어때? 진짜 입에서 톡톡 튀지?"

중역이 팀장에게 물었다.

"그렇군요."

"이 맛으로 이 죽을 먹는 거라네. 입천장과 혀를 톡톡 건드리는 감촉… 우리 어릴 때는 이거 물고 눈을 감으면 그렇게 신기할 수가 없었는데… 입안에서 콩을 볶는 것 같아서 말이야."

"……."

"아무튼 시원하게 비우고 오늘은 마무리를 하게나. 기왕에 살릴 거면 화끈하게 살려야지, 질질 끌다가 살리면 공치사도 못 받는 게 세상 이치라네."

"……."

"이거 제대로네. 여기 한 그릇 더 부탁해요."

중역과 이사가 앞다투어 그릇을 내밀었다.

아주 다른 건 팀장뿐이었다.

그는 조용히, 그리고 묵묵히 죽을 비워냈다.

중역을 모시고 온 중년 팀장.

마음에 없더라도 분위기는 맞출 만한데 그는 아니었다.

"계산하고 들어가게나. 우린 한총테크에 계약 갱신이 있어서 말이야."

팀장이 카드를 찾을 때 중역들이 먼저 일어섰다. 그때 종규가 민규에게 말을 건네왔다.

"형, 나주상회 물건이 왔는데 찰수수도 있어."

"오케이."

민규가 접수를 했다.

팀장은 이제 구두를 신고 있었다.

그에게 다가가 조심스레 한마디를 건넸다.

"저기요."

팀장이 돌아보았다.

"수수부꾸미 가능한데 맛보시고 가시겠습니까?"

"……!"

팀장의 동작이 거기서 멈췄다.

"정말 됩니까?"

장 팀장이 한쪽 구두를 걸친 채 물었다.

"예, 오래 걸리지 않습니다."

"미안하지만 그 부꾸미가 옛날식 맞나요? 얼마 전에 시장통에서 한번 사 먹어봤는데 모양만 부꾸미지, 니 맛도 내 맛도 아니더군요."

"옛날식으로 투박한 그대로입니다. 원하시는 요리 방식이 있다면 맞춰 드릴 수도 있고요."

"아뇨. 아까 먹은 죽처럼 옛날식으로 주시면 됩니다. 오래 걸리지 않으면 기다리지요."

장 팀장이 다시 구두를 벗었다.

"그런데……."

민규가 테이블을 권하며 말문을 열었다.

스트레스를 알면 약선에 도움이 될 일이었다.

"스트레스가 심하시죠?"

"……?"

핸드폰을 보던 팀장이 우묵한 눈빛을 내비쳤다.

"아니라면 실례했습니다."

민규가 고개를 숙였다.

현대인들은 타인을 꺼린다.

더구나 이 사람은 중병의 환자도 아니었다.

중병이라면 민규의 도움이 절실하겠지만 이 사람의 애로는 스트레스.

회계 법인에서 일하면 그만한 스트레스는 있을 법도 했다.

"셰프님."

팀장의 반응은 한 타임 늦게 나왔다.

"스트레스 맞습니다."

"……."

"검색해 보니까 여기 다녀가신 분들 중에서 병이 나은 분들이 많던데 혹시……."

민규를 바라보던 팀장이 쓸쓸하게 뒷말을 이었다.

"용기식도 가능하나요?"

"용기식이라면 용기를 주는 요리 말입니까?"

"예."

"……."

"그런 것까지는 어렵겠죠?"

"용기가 필요하시나요?"

"혹시 프랑스 요리도 아시나요?"

"지금은 아니다만……."

"그럼……."

팀장이 핸드폰의 영상을 열었다. 그러자 한 아이가 나왔다.

아홉 살 난 그의 아들이었다.

"쌀뤼!"

아이가 손을 흔들었다, 프랑스의 학교였다.

쌀뤼는 봉쥬르와 같은 인사다. 하지만 아주 친한 사이에 주로 하는 말이다.

"아빠, 여기는 점심 급식도 코스 요리로 나와."

아이 목소리와 함께 학교 식당이 보이기 시작했다.

초등학교 급식도 코스 요리. 과연 프랑스다웠다.

이름만으로도 부러움이 새록거리는 민규였다.

"아프레티프, 엉트레, 메뉴, 데세흐, 디줴흐티프!"

아이의 중계가 계속되었다.

프랑스 단어를 대략 구사하고 있었다.

민규도 호기심이 발동했다.

프랑스 초등학교의 코스 요리 급식은 어떤 위엄을 가지고 있을까?

"끝내주겠지? 그런데 그렇게 다 나오지는 않아. 보통 아프레티프, 메뉴, 데세흐로 끝."

화면이 요리 접시로 바뀌었다.

'풋!'

거기서 민규가 고개를 숙였다.

이름만 멋졌다.

한 코스마다 따로 담긴 것만 달랐을 뿐, 한국과 크게 다른 그림이 아니었다.

"대공개, 내 점심 메뉴!"

아이 얼굴과 함께 식판이 드러났다.

아프레티프는 자몽 두 조각에 절인 올리브.

메인인 메뉴는 콩과 함께 볶은 돼지다리살구이.

데세흐는 포장된 타르타르 하나.

"어때요? 저는 이거 처음 본 날 빵 터졌는데… 사실 코스 요리라기에 굉장히 기대를 했거든요. 지금 대출금을 갚느라 좋은 사립학교에 보내지 못했는데 그래도 잘됐다 싶기도 하고……."

장 팀장이 피식 선웃음을 지었다.

"……."

"그래도 아빠 위로하려는 건지 이보다 잘 나오는 날도 있다고는 하더라고요. 특별한 날 말이에요. 애가 저보다 어른스럽다니까요."

"아드님이 프랑스로 유학을 가셨나요?"

"누님이 거기서 자리를 잡았거든요. 아이가 놀러 갔다가 사촌 형제와 케미가 맞았는지 프랑스에서 살겠다고 해서……."

"예……."

"아들과 누님이 저보고도 정리하고 들어오라고 합니다. 그런데 프랑스어도 빈약하고… 아이보다 용기가 없어요. 이 나이에 남의 나라 가서 언제 적응하나 싶기도 하고요."

"그 용기였나요?"
"또 하나가 더 있지요."
응?
또 하나가 더 있다고?

『밥도둑 약선요리王』9권에 계속…

초대형 24시 만화방

신간 100%, 샤워실, 흡연실, 수면실(침대석), 커플석, 세탁기 완비

▪ 광명 광명사거리역점 ▪

경기도 광명시 오리로 986 광명사거리역 6번 출구 앞 5층
02) 2625-9940 (솔목타워 5층)

▪ 강북 노원역점 ▪

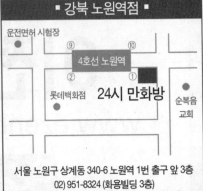

서울 노원구 상계동 340-6 노원역 1번 출구 앞 3층
02) 951-8324 (화용빌딩 3층)

▪ 일산 정발산역점 ▪

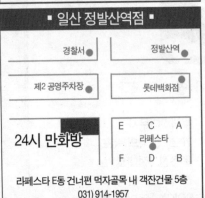

라페스타 E동 건너편 먹자골목 내 객잔건물 5층
031) 914-1957

▪ 일산 화정역점 ▪

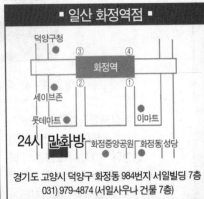

경기도 고양시 덕양구 화정동 984번지 서일빌딩 7층
031) 979-4874 (서일사우나 건물 7층)

▪ 부천 역곡역점 ▪

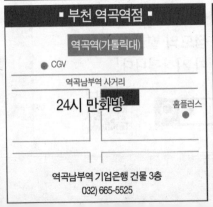

역곡남부역 기업은행 건물 3층
032) 665-5525

▪ 부평역점 ▪

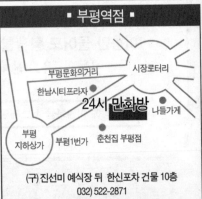

(구)진선미 예식장 뒤 한신포차 건물 10층
032) 522-2871

FUSION FANTASTIC STORY

재능 넘치는 게이머

덕우 장편소설

프로게이머가 된 지 약 반년 만에
세계 챔피언이 된 강민허.
그리고 이어지는 그의 돌발 선언.

"저, 강민허는 오늘부로 트라이얼 파이트 7
프로게이머에서 은퇴하겠습니다."

"로닌 이스 온라인에서 다시 한번
세계 최고의 자리에 올라서겠습니다."

프라이드 강, 강민허.
그의 새로운 도전이 시작된다!

Book Publishing CHUNGEORAM

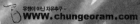

용행이 아닌 자유추구 -
WWW.chungeoram.com